D0382377

les possédés

ŒUVRES D'ALBERT CAMUS

Récits.

L'ETRANGER.
LA PESTE.

LA CHUTE.
L'EXIL ET LE ROYAUME.

Essais littéraires.

L'ENVERS ET L'ENDROIT.
NOCES.
L'ETÉ.

Essais philosophiques.

LE MYTHE DE SISYPHE.
L'HOMME RÉVOLTÉ.

Essais politiques.

LETTRES A UN AMI ALLEMAND.
ACTUELLES.
ACTUELLES II.

ACTUELLES III.
DISCOURS DE SUÈDE.

Théâtre.

CALIGULA.
LE MALENTENDU.

L'ETAT DE SIÈGE.
LES JUSTES.

Adaptations et traductions.

LES ESPRITS, de Pierre de Larivey.
LA DÉVOTION A LA CROIX, de Pedro Calderon de la
     Barca.
REQUIEM POUR UNE NONNE, de William Faulkner.
LE CHEVALIER D'OLMEDO, de Lope de Vega.
LES POSSÉDÉS, *adapté du roman de* Dostoïevski.

★

Aux éditions Calmann-Lévy.

RÉFLEXIONS SUR LA PEINE CAPITALE (*en collabo-
     ration avec Arthur Koestler et Jean Bloch
     Michel*).

les possédés

pièce en trois parties

adaptée du roman de Dostoïevski par

Albert Camus

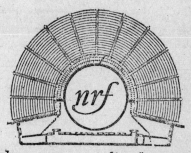

le manteau d'arlequin

Gallimard

3e édition

*Il a été tiré de l'édition originale de cet ouvrage vingt
et un exemplaires sur vergé de Hollande van Gelder,
dont quinze numérotés de 1 à 15 et six, hors commerce,
marqués de A à F ; et cent exemplaires sur vélin pur
fil Lafuma-Navarre dont quatre-vingt-dix numérotés
de 16 à 105 et dix, hors commerce, marqués de G à P.*

*Il a été tiré en outre, hors commerce et réservés pour
l'auteur, quarante exemplaires sur alfa des papeteries
Navarre marqués de I à XL.*

NOTE DE L'ÉDITEUR

Le texte de cette adaptation a été établi en utilisant aussi bien le texte des Possédés proprement dits que la Confession de Stavroguine, généralement publiée à part, et les Carnets tenus par Dostoïevski pendant la composition du roman. Ces trois textes, dans la traduction de Boris de Schloezer, et sous le titre les Démons, ont été réunis dans un volume de la Bibliothèque de la Pléiade, qui a servi de base à la présente adaptation.

LES POSSÉDÉS

ont été représentés pour la première fois le 30 janvier 1959 au Théâtre Antoine (direction Simone Berriau), dans les décors et costumes de Mayo, et la mise en scène d'Albert Camus, avec, par ordre d'entrée en scène, la distribution suivante :

GRIGOREIEV, le narrateur.	*Michel MAURETTE*
STÉPAN TROPHIMOVITCH VERKHOVENSKY	*Pierre BLANCHAR*
VARVARA PETROVNA STAVROGUINE	*Tania BALACHOVA*
LIPOUTINE	*Paul GAY*
CHIGALEV	*Jean MARTIN*
IVAN CHATOV	*Marc EYRAUD*
VIRGUINSKY	*Georges BERGER*
GAGANOV	*Georges SELLIER*
ALEXIS EGOROVITCH	*Geo WALLERY*
NICOLAS STAVROGUINE ...	*Pierre VANECK*
PRASCOVIE DROZDOV	*Charlotte CLASIS*
DACHA CHATOV	*Nadine BASILE*
ALEXIS KIRILOV	*Alain MOTTET*
LISA DROZDOV	*Janine PATRICK*
MAURICE NICOLAIEVITCH ..	*André OUMANSKY*
MARIA TIMOPHEIEVNA LEBIADKINE	*Catherine SELLERS*
Le capitaine LEBIADKINE.	*Charles DENNER*
PIERRE STEPANOVITCH VERKHOVENSKY	*Michel BOUQUET*

9

LES POSSÉDÉS

FEDKA	*Edmond TAMIZ*
Le séminariste	*François MARIÉ*
LIAMCHINE	*Jean MUSELLI*
L'évêque TIKHONE	*Roger BLIN*
MARIE CHATOV	*Nicole KESSEL*

Les nécessités de la représentation scénique ont exigé d'assez nombreuses coupures dans le texte de l'adaptation. On trouvera dans cette édition les passages ou les scènes supprimés à la représentation. Ils ont été placés entre crochets.

DÉCORS

1. Chez Varvara Stavroguine. Salon riche d'époque.
2. La Maison Philipov. Décor simultané. Un salon et une petite chambre. Il s'agit d'un meublé très pauvre.
3. La rue.
4. La maison des Lebiadkine. Un salon misérable dans le faubourg.
5. La forêt.
6. Chez Tikhone. Une grande salle au couvent de la Vierge.
7. Le grand salon de la maison de campagne des Stavroguine, à Skvorechniki.

PREMIÈRE PARTIE

Quand les trois coups sont donnés, la salle est dans l'obscurité complète. La lumière d'un projecteur monte sur le Narrateur, immobile devant le rideau, son chapeau à la main.

Anton Grigoreiev, le Narrateur,
il est courtois, ironique et impassible.

Mesdames, Messieurs,

Les étranges événements auxquels vous allez assister se sont produits dans notre ville de province sous l'influence de mon respectable ami le professeur Stépan Trophimovitch Verkhovensky. Le professeur avait toujours joué, parmi nous, un rôle véritablement civique. Il était libéral et idéaliste; il aimait l'Occident, le progrès, la justice, et, en général, tout ce qui est élevé. Mais sur ces hauteurs, il en vint malheureusement à s'imaginer que le tsar et ses ministres lui en voulaient personnellement et il s'installa chez nous pour y tenir, avec beaucoup de dignité, l'emploi de penseur exilé et persécuté. Simplement, trois ou quatre fois par an, il avait des accès de tristesse civique qui le tenaient au lit avec une bouillotte sur le ventre.

Il vivait dans la maison de son amie, la générale Varvara Stavroguine, qui lui avait confié, après la mort de son mari, l'éducation de son

15

fils, Nicolas Stavroguine. Ah ! j'oubliais de vous dire que Stépan Trophimovitch était deux fois veuf et une seule fois père. Il avait expédié son fils à l'étranger. Ses deux femmes étaient mortes jeunes et, à vrai dire, elles n'avaient pas été très heureuses avec lui. Mais on ne peut pas à la fois aimer sa femme et la justice. Aussi Stépan Trophimovitch reporta-t-il toute son affection sur son élève, Nicolas Stavroguine, dont il entreprit avec beaucoup de rigueur la formation morale, jusqu'au jour où Nicolas s'enfuit pour aller vivre dans la débauche. Stépan Trophimovitch resta donc en tête à tête avec Varvara Stavroguine qui lui portait une amitié sans limites, c'est-à-dire qu'elle le haïssait souvent. Là commence mon histoire.

PREMIER TABLEAU

Le rideau se lève sur le salon de Varvara Sta-
vroguine.
Le Narrateur va s'asseoir près de la table et
joue aux cartes avec Stépan Trophimovitch.

Stépan

Ah ! j'oubliais de vous faire couper. Pardonnez-moi, cher ami, mais j'ai mal dormi cette
nuit. Comme je me suis reproché de m'être
plaint de Varvara auprès de vous !

Grigoreiev

Vous avez seulement dit qu'elle vous gardait
par vanité, et qu'elle était jalouse de votre
culture.

Stépan

Justement. Oh non, ce n'est pas vrai ! A vous
de jouer. Voyez-vous, c'est un ange d'honneur
et de délicatesse, et moi tout le contraire.

Entre Varvara Stavroguine. Elle s'ar-
rête, debout sur le seuil.

17

VARVARA

Encore les cartes ! (*Ils se lèvent.*) Asseyez-vous et continuez. J'ai à faire. (*Elle va consulter des papiers sur une table à gauche. Ils continuent, mais Stépan Trophimovitch jette des regards vers Varvara Stavroguine qui parle enfin, mais sans le regarder.*) Je croyais que vous deviez travailler à votre livre ce matin.

STÉPAN

Je me suis promené au jardin. J'avais emporté Tocqueville...

VARVARA

Et vous avez lu Paul de Kock. Voilà pourtant quinze ans que vous annoncez votre livre.

STÉPAN

Oui. Les matériaux sont rassemblés, mais il faut les réunir. Qu'importe d'ailleurs ! Je suis oublié. Personne n'a besoin de moi.

VARVARA

On vous oublierait moins si vous jouiez moins souvent aux cartes.

STÉPAN

Oui, je joue. Cela n'est pas digne. Mais qui est responsable ? Qui a brisé ma carrière ? Ah ! que meure la Russie ! Atout.

PREMIER TABLEAU

VARVARA

Rien ne vous empêche de travailler et de montrer par une œuvre qu'on a eu tort de vous négliger.

STÉPAN

Vous oubliez, chère amie, que j'ai déjà beaucoup publié.

VARVARA

Vraiment ? Qui s'en souvient ?

STÉPAN

Qui ? Eh bien ! notre ami s'en souvient certainement.

GRIGOREIEV

Mais oui. Il y a d'abord vos conférences sur les Arabes en général, puis le début de votre étude sur l'extraordinaire noblesse morale de certains chevaliers à une certaine époque, et surtout votre thèse sur l'importance qu'aurait pu obtenir la petite ville de Hanau entre 1413 et 1428 et sur les causes obscures qui, justement, l'ont empêchée d'acquérir cette importance.

STÉPAN

Vous avez une mémoire d'acier, cher ami. Je vous en remercie.

VARVARA

La question n'est pas là. La question est que

vous annoncez depuis quinze ans un livre dont vous n'avez pas écrit le premier mot.

STÉPAN

Eh bien ! non, ce serait trop facile ! Je veux rester stérile, moi, et solitaire ! Ils sauront ainsi ce qu'ils ont perdu. Je veux être un reproche incarné !

VARVARA

Vous le seriez si vous restiez moins souvent couché.

STÉPAN

Comment ?

VARVARA

Oui, pour être un reproche incarné, il faut rester debout.

STÉPAN

Debout ou couché, l'essentiel est d'incarner l'idée. D'ailleurs, j'agis, j'agis, et toujours selon mes principes. Cette semaine encore, j'ai signé une protestation.

VARVARA

Contre quoi ?

STÉPAN

Je ne sais pas. C'était... enfin, j'ai oublié. Il fallait protester, voilà tout. Ah ! tout allait autrement de mon temps. Je travaillais douze heures par jour...

VARVARA

Cinq ou six auraient suffi...

STÉPAN

... Je courais les bibliothèques, j'accumulais des montagnes de notes. Nous espérions alors ! Nous parlions jusqu'au lever du jour, nous construisions l'avenir. Ah ! que nous étions braves, forts comme l'acier, inébranlables comme le roc ! C'étaient des soirées véritablement athéniennes : la musique, des airs espagnols, l'amour de l'humanité, la Madone Sixtine... O ma noble et fidèle amie, savez-vous, savez-vous bien tout ce que j'ai perdu ?...

VARVARA

Non. (*Elle se lève.*) Mais je sais que si vous bavardiez jusqu'à l'aube, vous ne pouviez travailler douze heures par jour. Du reste, tout cela est du bavardage ! Vous savez que j'attends enfin mon fils Nicolas... J'ai à vous parler. (*Grigoreiev se lève et vient lui baiser la main.*) Très bien, mon ami, vous êtes discret. Restez dans le jardin, vous reviendrez ensuite.

Grigoreiev sort.

STÉPAN

Quel bonheur, ma noble amie, de revoir notre Nicolas !

VARVARA

Oui, je suis très heureuse, il est toute ma vie.
Mais je suis inquiète.

STÉPAN

Inquiète ?

VARVARA

Oui, ne jouez pas les infirmières, je suis inquiète. Tiens, depuis quand portez-vous des cra-
vates rouges ?

STÉPAN

C'est aujourd'hui seulement... que...

VARVARA

Ce n'est pas de votre âge, il me semble. Où
en étais-je ? Oui, je suis inquiète. Et vous savez
très bien pourquoi. Tous ces bruits qui courent...
Je ne puis y ajouter foi, mais cela me poursuit.
La débauche, la violence, les duels, il insulte
tout le monde, il fréquente la lie de la société !
Absurde, absurde ! Et pourtant, si c'était vrai ?

STÉPAN

Mais ce n'est pas possible. Souvenez-vous de
l'enfant rêveur et tendre qu'il était, de ses belles
mélancolies. Seule, une âme d'élite peut éprou-
ver de semblables tristesses, je le sais bien.

VARVARA

Vous oubliez que, lui, n'est plus un **enfant**.

PREMIER TABLEAU

[STÉPAN

Mais il est de faible santé. Souvenez-vous : il pleurait des nuits entières. Le voyez-vous forçant des hommes à se battre ?

VARVARA

Il n'était nullement faible, où allez-vous chercher cela ? Il était de santé nerveuse, voilà tout. Mais vous aviez imaginé de le réveiller dans la nuit, quand il avait douze ans, pour lui raconter vos malheurs. Voilà le précepteur que vous étiez.

STÉPAN

Le cher ange m'aimait, il demandait mes confidences et pleurait dans mes bras.

VARVARA

L'ange a changé. On me dit que je ne le reconnaîtrai pas, qu'il est d'une force physique extraordinaire.]

STÉPAN

Mais que vous dit-il dans ses lettres ?

VARVARA

Ses lettres sont rares et brèves, mais toujours respectueuses.

STÉPAN

Vous voyez.

Varvara

Je ne vois rien. Vous devriez perdre l'habitude de parler pour ne rien dire. Et, d'ailleurs, il y a des faits. A-t-il, oui ou non, été cassé de son grade pour avoir blessé gravement un autre officier en duel ?

Stépan

Ce n'est pas un crime. La chaleur d'un sang noble l'a poussé. Tout cela est très chevaleresque.

Varvara

Oui. Ce qui l'est moins est de vivre dans les quartiers infâmes de Saint-Pétersbourg et de se plaire en compagnie des escarpes et des ivrognes.

Stépan, *riant.*

Ah ! ah ! C'est la jeunesse du Prince Harry.

Varvara

D'où sortez-vous cette histoire ?

Stépan

Elle se trouve dans Shakespeare, ma noble amie, Shakespeare l'immortel, l'empereur des génies, le grand Will enfin, qui nous montre le Prince Harry se livrant à la débauche avec Falstaff.

VARVARA

Je relirai la pièce. A propos, faites-vous de l'exercice ? Vous savez bien que vous devez marcher six verstes par jour. Bon. Dans tous les cas, j'ai prié Nicolas de revenir. Vous sonderez ses intentions. Je souhaite le retenir ici et le marier.

STÉPAN

Le marier ! Ah ! Comme cela est romanesque ! Avez-vous une idée ?

VARVARA

Oui, je pense à Lisa, la fille de mon amie Prascovie Drozdov. Elles sont en Suisse, avec ma pupille Dacha... Et puis, qu'est-ce que cela peut vous faire ?

STÉPAN

J'aime Nicolas autant que mon fils.

VARVARA

Ce n'est pas beaucoup. Vous n'avez vu votre fils que deux fois, y compris le jour de sa naissance.

STÉPAN

Ses tantes l'ont élevé, je lui envoyais les revenus du petit domaine que lui a légué sa mère, et mon cœur souffrait de cette absence. Du reste, c'est un fruit sec, pauvre en esprit et en cœur. Si vous lisiez les lettres qu'il m'envoie ! On croirait qu'il parle à un domestique. Je lui ai demandé de tout mon cœur paternel s'il ne voulait pas venir me voir. Savez-vous ce qu'il m'a répondu : « Si je reviens, ce sera pour vérifier mes comptes, et les régler aussi. »

VARVARA

Apprenez une bonne fois à vous faire respecter. Allons, je vous laisse. C'est l'heure de votre réunion. Les amis, la bamboche, les cartes, l'athéisme et l'odeur surtout, la mauvaise odeur du tabac et de l'homme... Je m'en vais. Ne buvez pas trop, vous auriez mal au ventre... A tout à l'heure ! (*Elle le regarde, puis haussant les épaules.*) Une cravate rouge !

Elle sort.

STÉPAN *regarde vers elle, bafouille, regarde le bureau.*

O, femme cruelle, implacable ! Et je ne peux lui parler ! Je vais lui écrire, lui écrire !

Il va vers la table.

VARVARA *reparaît.*

Ah ! Et puis cessez de m'écrire. Nous habitons la même maison, il est ridicule d'échanger des lettres. Vos amis arrivent.

Elle sort.
Entrent Grigoreiev, Lipoutine et Chigalev.

26

PREMIER TABLEAU

STÉPAN

Bonjour, mon cher Lipoutine, bonjour. Pardonnez mon émotion... On me hait... Oui, on me hait littéralement. Qu'importe ! Votre femme n'est pas avec vous ?

LIPOUTINE

Non. Les femmes doivent rester à la maison et craindre Dieu.

STÉPAN

Mais n'êtes-vous pas athée ?

LIPOUTINE

Oui. Chut ! Ne le dites pas si fort. Justement. Un mari athée doit enseigner à sa femme la crainte de Dieu. Ça le libère encore plus. Regardez notre ami Virguinsky. Je viens de le rencontrer, il a dû sortir pour faire lui-même son marché, car sa femme était avec le capitaine Lebiadkine.

STÉPAN

Oui, oui, je sais ce qu'on raconte. Mais ce n'est pas vrai. Sa femme est une noble créature. D'ailleurs, elles le sont toutes.

LIPOUTINE

Comment, cè n'est pas vrai ? Je le tiens de Virguinsky lui-même. Il a converti sa femme à nos idées. Il lui a démontré que l'homme est une créature libre, ou qui doit l'être. Bon, elle s'est donc libérée et, plus tard, elle a signifié à Virguinsky qu'elle le destituait comme mari et qu'elle prenait à sa place le capitaine Lebiadkine. Et savez-vous ce qu'a dit Virguinsky quand sa femme lui a annoncé la nouvelle ? Il lui a dit : « Mon amie, jusqu'à maintenant je n'avais pour toi que de l'amour; à présent, je t'estime. »

STÉPAN

C'est un Romain.

GRIGOREIEV

Je me suis laissé dire au contraire que, lorsque sa femme avait prononcé sa destitution, il avait éclaté en sanglots.

STÉPAN

Oui, oui, c'est un cœur tendre. (*Entre Chatov.*) Mais voici l'ami Chatov. Quelles nouvelles de votre sœur ?

CHATOV

Dacha va rentrer. Puisque vous me le demandez, sachez qu'elle s'ennuie en Suisse avec Prascovie Drozdov et Lisa. Je vous le dis, bien qu'à mon avis, cela ne vous regarde pas.

STÉPAN

Bien sûr. Mais elle va rentrer, voilà l'essentiel. Ah ! mes très chers, on ne peut pas vivre loin de la Russie, voyez-vous...

PREMIER TABLEAU

LIPOUTINE

Mais on ne peut pas vivre non plus en Russie. Il faut autre chose et il n'y a rien.

STÉPAN

Comment faire ?

LIPOUTINE

Il faut tout refaire.

CHIGALEV

Oui, mais vous ne tirez pas les conséquences.

Chatov est allé s'asseoir, maussade, et a posé sa casquette près de lui.
Entrent Virguinsky, puis Gaganov.

STÉPAN

Bonjour, mon cher Virguinsky. Comment va votre femme... (*Virguinsky se détourne.*) Bon, nous vous aimons bien, savez-vous, beaucoup même !

GAGANOV

Je passais par hasard et je suis entré pour voir Varvara Stavroguine. Mais peut-être suis-je de trop ?

STÉPAN

Non, non ! Au banquet de l'amitié, il y a toujours une place. Nous avons à discuter. Quelques paradoxes ne vous font pas peur, je le sais.

GAGANOV

Le tsar, la Russie et la famille mis à part, on peut discuter de tout. (*A Chatov.*) N'est-ce pas ?

CHATOV

On peut discuter de tout. Mais certainement pas avec vous.

STÉPAN, *riant.*

Il faut boire à la conversion de notre bon ami Gaganov. (*Il sonne.*) Si du moins Chatov, l'irascible Chatov nous le permet. Car il est irascible, notre bon Chatov, c'est un lait sur le feu. Et si l'on veut discuter avec lui, il faut d'abord le ligoter. Vous voyez, il s'en va déjà. Il se fâche. Allons, mon bon ami, vous savez que l'on vous aime.

CHATOV

Alors, ne m'offensez pas.

STÉPAN

Mais qui vous offense ? Si je l'ai fait, je vous demande pardon. Nous parlons trop, je le sais. Nous parlons et il faudrait agir. Agir, agir... ou, en tout cas, travailler. Depuis vingt ans, je ne cesse de sonner la diane et d'inviter au travail. Pour que la Russie se relève, il lui faut des idées. Pour avoir des idées, il faut travailler.

Mettons-nous donc au travail et nous finirons par avoir une idée personnelle...

> *Alexis Egorovitch apporte à boire et sort.*

LIPOUTINE

En attendant, il faudrait supprimer l'armée et la flotte.

GAGANOV

A la fois ?

LIPOUTINE

Oui, pour avoir la paix universelle !

GAGANOV

Mais si les autres ne les suppriment pas, ne seront-ils pas tentés de nous envahir ? Comment savoir ?

LIPOUTINE

En supprimant. Comme ça, nous saurons.

STÉPAN, *frétillant.*

Ah ! C'est un paradoxe. Mais il y a du vrai...

VIRGUINSKY

Lipoutine va trop loin parce qu'il désespère de voir arriver le règne de nos idées. Moi, je crois qu'il faut commencer par le commencement et abolir les prêtres en même temps que la famille.

GAGANOV

Messieurs, je comprends toutes les plaisante-
ries... mais supprimer d'un seul coup l'armée,
la flotte, la famille et les prêtres, non, ah, non,
non...

STÉPAN

Il n'y a pas de mal à en parler. On peut parler de tout.

GAGANOV

Mais tout supprimer comme cela, d'un seul
coup, à la fois, non, ah, non, non...

LIPOUTINE

Voyons, croyez-vous qu'il faille réformer la
Russie ?

GAGANOV

Oui, sans doute. Tout n'est pas parfait chez
nous.

LIPOUTINE

Il faut donc la démembrer.

STÉPAN *et* GAGANOV

Quoi ?

LIPOUTINE

Parfaitement. Pour réformer la Russie, il faut
en faire une fédération. Mais pour la fédérer il
faut d'abord la démembrer. C'est mathématique.

PREMIER TABLEAU

STÉPAN

Cela mérite réflexion.

GAGANOV

Je... Ah ! non, non, je ne me laisserai pas mener ainsi par le bout du nez...

VIRGUINSKY

Pour réfléchir, il faut du temps. La misère n'attend pas.

LIPOUTINE

Il faut aller au plus pressé. Le plus pressé, c'est d'abord que tout le monde mange. Les livres, les salons, les théâtres, plus tard, plus tard... Une paire de bottes vaut mieux que Shakespeare.

STÉPAN

Ah ! ceci, je ne puis le permettre. Non, non, mon bon ami, l'immortel génie rayonne au-dessus des hommes. Que tout le monde aille pieds nus et que vive Shakespeare...

CHIGALEV

Tous autant que vous êtes, vous ne tirez pas les conséquences.

Il sort.

LIPOUTINE

Permettez...

33

STÉPAN

Non, non, je ne puis admettre cela. Nous qui aimons le peuple...

CHATOV

Vous n'aimez pas le peuple.

VIRGUINSKY

Comment ? Je...

CHATOV, *debout et courroucé.*

Vous n'aimez ni la Russie, ni le peuple. Vous avez perdu le contact avec lui, vous en parlez comme d'une peuplade lointaine aux usages exotiques et sur laquelle il faut s'attendrir. Vous l'avez perdu et qui n'a point de peuple n'a point de Dieu. C'est pourquoi vous tous et nous aussi, nous tous, ne sommes que de misérables indifférents, des dévoyés et rien d'autre. Vous-même, Stépan Trophimovitch, je ne fais point d'exception pour vous, sachez-le, bien que vous nous ayez tous élevés, et c'est même à votre sujet que j'ai parlé.

> *Il prend sa casquette et se rue vers la porte. Mais Stépan Trophimovitch l'arrête de la voix.*

STÉPAN

Eh bien, Chatov, puisque vous le voulez, je suis fâché avec vous. Réconcilions-nous maintenant. (*Il lui tend la main que Chatov, boudeur,*

34

vient prendre.) Buvons à la réconciliation universelle !

GAGANOV

Buvons. Mais je ne me laisserai pas mener
par le bout du nez.

Toast. Entre Varvara Stavroguine.

VARVARA

Ne vous dérangez pas. Buvez à la santé de
mon fils Nicolas qui vient d'arriver. Il se change
et je lui ai demandé de venir se montrer à vos
amis.

STÉPAN

Comment l'avez-vous trouvé, ma noble amie ?

VARVARA

Sa belle mine et son air m'ont ravie. (*Elle les
regarde.*) Oui, pourquoi ne pas le dire : il a
couru tant de bruits, ces temps-ci, que je ne
suis pas fâchée de montrer ce qu'est mon fils.

GAGANOV

Nous nous réjouissons de le voir, chère !

VARVARA, *regardant Chatov.*

Et vous, Chatov, êtes-vous heureux de revoir
votre ami ? (*Chatov se lève et, en se levant, ma-
ladroitement, fait tomber une petite table en
marqueterie.*) Redressez cette table, je vous

prie. Elle sera écornée, tant pis. (*Aux autres.*)
De quoi parliez-vous ?

STÉPAN

De l'espérance, ma noble amie, et de l'avenir
lumineux qui brille déjà au bout de notre route
enténébrée... Ah ! nous serons consolés de tant
de peines et de persécutions. L'exil prendra fin,
voici l'aurore...

> *Nicolas Stavroguine apparaît au fond et
> reste immobile sur le seuil.*

STÉPAN

Ah, mon cher enfant !

> *Varvara a un geste vers Stavroguine
> mais son air impassible l'arrête. Elle le
> regarde avec angoisse. Quelques secondes
> de gêne lourde.*

GAGANOV

Comment allez-vous, cher Nicolas ?...

STAVROGUINE

Bien, je vous remercie.

> *Aussitôt, joyeux brouhaha. Il marche
> vers sa mère pour lui embrasser la main.
> Stépan Trophimovitch va vers lui et
> l'embrasse. Nicolas Stavroguine sourit à
> Stépan Trophimovitch et reprend son air
> impassible, au milieu des autres qui, sauf*

*Chatov, le congratulent. Mais son silence
prolongé fait baisser l'enthousiasme d'un
ton.*

VARVARA, *regardant Nicolas.*

Cher, cher enfant, tu es triste, tu t'ennuies.
Cela est bien.

STÉPAN, *en apportant un verre.*

Mon bon Nicolas !

VARVARA

Continuez, je vous en prie. Nous parlions de
l'aurore, je crois.

*Stavroguine porte un toast vers Chatov
qui sort sans dire un mot.
Stavroguine respire le contenu de son
verre et le pose sur la table, sans boire.*

LIPOUTINE, *après un moment de gêne
générale.*

Bon. Savez-vous que le nouveau gouverneur
est déjà arrivé ?

*Virguinsky dans son coin à gauche dit
quelque chose à Gaganov qui répond :*

GAGANOV

Je ne me laisserai pas mener par le bout du
nez.

LIPOUTINE

Il paraît qu'il veut tout bouleverser. Ça m'étonnerait.

STÉPAN

Ce ne sera rien. Un peu d'ivresse administrative !

> *Stavroguine est allé se mettre à la place où était Chatov. Planté droit, l'air rêveur et maussade, il contemple Gaganov.*

VARVARA

Que voulez-vous dire encore ?

STÉPAN

Ah ! mais vous connaissez cette maladie ! Tenez, chez nous, bref, chargez le premier zéro venu de vendre des billets au guichet de la dernière des gares et, aussitôt, ce zéro, pour vous montrer sa puissance, vous regardera avec des airs de Jupiter, quand vous irez prendre des billets. Le zéro est ivre, vous comprenez. Il est dans l'ivresse administrative.

VARVARA

Abrégez, s'il vous plaît...

STÉPAN

Je voulais dire... Quoi qu'il en soit, je connais aussi le nouveau gouverneur, un fort bel homme, n'est-ce pas, d'une quarantaine d'années ?

VARVARA

Où avez-vous pris qu'il soit bel homme ? Il a des yeux de mouton.

STÉPAN

C'est exact, mais... soit... je m'incline devant l'opinion des dames.

GAGANOV

On ne peut critiquer le nouveau gouverneur avant de le voir à l'œuvre, ne pensez-vous pas ?

LIPOUTINE

Et pourquoi ne le critiquerait-on pas ? Il est gouverneur, cela suffit.

GAGANOV

Permettez...

VIRGUINSKY

C'est avec des raisonnements comme ceux de M. Gaganov que la Russie s'enfonce dans l'ignorance. On nommerait un cheval au poste de gouverneur qu'il attendrait pour le voir à l'œuvre.

GAGANOV

Ah ! mais permettez, vous m'offensez et je ne le permettrai pas. J'ai dit... ou plutôt... enfin, non et non, je ne permettrai pas qu'on me mène par le bout du nez... (*Stavroguine traverse la scène au milieu du silence qui s'est installé dès son premier pas, marche d'un air rêveur vers Gaganov, lève lentement le bras, saisit le nez de Gaganov et le tirant, sans brutalité, le fait avancer de quelques pas au milieu de la scène. Varvara Stavroguine crie « Nicolas ! » d'un air angoissé. Nicolas lâche Gaganov, fait lui-même quelques pas en arrière et le regarde en souriant pensivement. Après une seconde de stupeur, tumulte général. Les autres entourent Gaganov, le ramènent sur une chaise pour l'y asseoir, éperdu. Nicolas Stavroguine fait demi-tour et sort. Varvara Stavroguine égarée prend un verre et va le porter à Gaganov.*) Lui... Comment a-t-il... A moi, à moi !

VARVARA, *à Stépan Trophimovitch.*

O mon Dieu, il est fou, il est fou...

STÉPAN, *égaré lui aussi.*

Mais non, très chère, une étourderie, la jeunesse...

VARVARA, *à Gaganov.*

Pardonnez à Nicolas, mon bon ami, je vous en supplie.

Entre Stavroguine. Il marque un temps d'arrêt, marche fermement vers Gaganov qui se lève, effrayé.

Puis, rapidement, les sourcils froncés :

PREMIER TABLEAU

STAVROGUINE

Vous m'excuserez, naturellement ! Une envie subite... une bêtise...

STÉPAN, *s'avançant de l'autre côté de Stavroguine qui regarde devant lui d'un air ennuyé.*

Ce ne sont pas des excuses valables, Nicolas. (*Avec angoisse.*) Je vous en prie, mon enfant. Vous avez un grand cœur, vous êtes instruit, bien élevé, et tout d'un coup vous nous apparaissez sous un jour énigmatique et dangereux. Ayez pitié au moins de votre mère.

STAVROGUINE, *regardant sa mère, puis Gaganov.*

Soit. Je vais m'expliquer. Mais je le dirai en secret à M. Gaganov, qui me comprendra.

Gaganov s'avance d'un pas timide. Stavroguine se penche et saisit de ses dents l'oreille de Gaganov.

GAGANOV, *d'une voix altérée.*

Nicolas, Nicolas...

Les autres, qui ne comprennent pas encore, le regardent.

GAGANOV, *épouvanté.*

Nicolas, vous me mordez l'oreille. (*Criant.*) Il me mord l'oreille ! (*Stavroguine le lâche et reste, planté, à le regarder d'un air morne. Gaga-nov sort, criant de terreur.)* A la garde ! A la garde !

> VARVARA, *allant vers son fils.*

Nicolas, pour l'amour de Dieu !

> *Nicolas la regarde, rit faiblement, puis tombe de son long, dans une sorte de crise.*

Noir

LE NARRATEUR

Gaganov garda le lit plusieurs semaines. Nicolas Stavroguine aussi. Mais il se releva, présenta d'honorables excuses et partit pour un assez long voyage. Le seul endroit où il se fixa quelque temps fut Genève, et cela non pas à cause du charme trépidant de cette ville, mais parce qu'il y retrouva les dames Drozdov.

DEUXIÈME TABLEAU

Le salon de Varvara Stavroguine.
Varvara Stavroguine et Prascovie Drozdov sont
en scène.

PRASCOVIE

Ah ! chère, je suis heureuse en tout cas de
te rendre Dacha Chatov. Je n'ai rien à dire,
quant à moi, mais il me semble que, si elle
n'avait pas été là, il n'y aurait pas eu ce malaise
entre ton Nicolas et ma Lisa. Note que je ne
sais rien, Lisa est bien trop fière et trop obsti-
née pour m'avoir parlé. Mais le fait est qu'ils
sont en froid, que Lisa a été humiliée, Dieu sait
pourquoi, et que peut-être ta Dacha en sait
quelque chose, quoique...

VARVARA

Je n'aime pas les insinuations, Prascovie. Dis
tout ce que tu as à dire. Veux-tu me faire croire
que Dacha a eu une intrigue avec Nicolas ?

PRASCOVIE

Une intrigue, chère, quel mot ! Et puis, je

ne veux pas te faire croire... Je t'aime trop...
Comment peux-tu supposer...

Elle essuie une larme.

VARVARA

Ne pleure pas. Je ne suis pas offensée. Dis-moi simplement ce qui s'est passé.

PRASCOVIE

Mais rien, n'est-ce pas ? Il est amoureux de Lisa, c'est sûr, et là-dessus, vois-tu, je ne me trompe pas. L'intuition féminine !... Mais tu connais le caractère de Lisa. Comment dire, têtu et moqueur, oui c'est cela ! Nicolas, lui, est fier. Quelle fierté, ah ! c'est bien ton fils. Eh bien, il n'a pas pu supporter les railleries. Et, de son côté, il a persiflé.

VARVARA

Persiflé ?

PRASCOVIE

Oui, c'est le mot. En tout cas, Lisa n'a cessé de chercher querelle à Nicolas. Parfois, quand elle s'apercevait qu'il parlait avec Dacha, elle se déchaînait. Vraiment, ma chère, c'était intenable. Les médecins m'ont défendu de m'énerver et, de plus, je m'ennuyais près de ce lac et j'avais mal aux dents. J'ai appris ensuite que le lac de Genève prédispose aux maux de dents, et que c'est une de ses particularités. Finalement Nicolas est parti. A mon avis, ils se réconcilieront.

DEUXIÈME TABLEAU

VARVARA

Cette brouillerie ne signifie rien. Et puis je connais trop bien Dacha. Absurde, absurde. Je vais d'ailleurs tirer ça au clair.

Elle sonne.

PRASCOVIE

Mais non, je t'assure...

Alexis Egorovitch entre.

VARVARA

Dis à Dacha que je l'attends.

Alexis Egorovitch sort.

PRASCOVIE

J'ai eu tort, chère, de te parler de Dacha. Il n'y a eu entre elle et Nicolas que des conversations banales, et encore à haute voix. Du moins devant moi. Mais l'énervement de Lisa m'avait gagnée. Et puis ce lac, tu ne peux savoir ! Il est calmant, c'est vrai, mais parce qu'il vous ennuie. Seulement, n'est-ce pas, à force de vous ennuyer, il vous énerve... (*Entre Dacha.*) Ma Dachenka, ma petite ! Quelle tristesse de vous laisser. Nous n'aurons plus nos bonnes conversations du soir à Genève. Ah ! Genève ! Au revoir, chère ! (*A Dacha :*) Au revoir, ma mignonne, ma chérie, ma colombe.

Elle sort.

Varvara

Assieds-toi là. (*Dacha s'assied.*) Brode. (*Dacha prend un tambour à broder sur la table.*) Raconte-moi ton voyage.

Dacha, *d'une voix égale, un peu lasse.*

Oh ! Je me suis bien amusée, ou plutôt instruite. L'Europe est instructive, oui. Nous avons tant de retard sur eux. Et...

Varvara

Laisse l'Europe. Tu n'as rien de particulier à me dire ?

Dacha *la regarde.*

Non, rien.

Varvara

Rien dans l'esprit, ni sur la conscience, ni dans le cœur ?

Dacha, *avec une fermeté morne.*

Rien.

Varvara

J'en étais sûre. Je n'ai jamais douté de toi. Je t'ai traitée comme ma fille, j'aide ton frère. Tu ne ferais rien qui pourrait me contrarier, n'est-ce pas ?

Dacha

Non, rien. Dieu vous bénisse.

DEUXIÈME TABLEAU

VARVARA

Ecoute. J'ai pensé à toi. Lâche ta broderie et viens t'asseoir près de moi. (*Dacha vient près d'elle.*) Veux-tu te marier ? (*Dacha la regarde.*) Attends, tais-toi. Je pense à quelqu'un de plus âgé que toi. Mais tu es raisonnable. D'ailleurs, c'est encore un bel homme. Il s'agit de Stépan Trophimovitch qui a été ton professeur et que tu as toujours estimé. Eh bien ? (*Dacha la regarde encore.*) Je sais, il est léger, il pleurniche, il pense trop à lui. Mais il a des qualités que tu apprécieras d'autant plus que je te le demande. Il mérite d'être aimé parce qu'il est sans défense. Comprends-tu cela ? (*Dacha fait un geste affirmatif. Eclatant.*) J'en étais sûre, j'étais sûre de toi. Quant à lui, il t'aimera parce qu'il le doit, il le doit ! Il faut qu'il t'adore ! Ecoute, Dacha, il t'obéira. Tu l'y forceras à moins d'être une imbécile. Mais ne le pousse jamais à bout, c'est la première règle de la vie conjugale. Ah ! Dacha, il n'y a pas de plus grand bonheur que de se sacrifier. D'ailleurs, tu me feras un grand plaisir et c'est là l'important. Mais je ne te force nullement. C'est à toi de décider. Parle.

DACHA, *lentement.*

S'il le faut absolument, je le ferai.

VARVARA

Absolument ? A quoi fais-tu allusion ? (*Dacha se tait et baisse la tête.*) Tu viens de dire une sottise. Je vais te marier, c'est vrai, mais ce n'est point par nécessité, tu entends. L'idée m'en est venue, voilà tout. Il n'y a rien à cacher, n'est-ce pas ?

DACHA

Non. Je ferai comme vous voudrez.

VARVARA

Donc, tu consens. Alors, venons-en aux détails. Aussitôt après la cérémonie, je te verserai quinze mille roubles. Sur ces quinze mille, tu en donneras huit mille à Stépan Trophimovitch. Permets-lui de recevoir ses amis une fois par semaine. S'ils venaient plus souvent, mets-les à la porte. D'ailleurs, je serai là.

DACHA

Est-ce que Stépan Trophimovitch vous a dit quelque chose à ce sujet ?

VARVARA

Non, il ne m'a rien dit. Mais il va parler. (*Elle se lève d'un mouvement brusque et jette son châle noir sur ses épaules. Dacha ne cesse de la regarder.*) Tu es une ingrate ! Qu'imagines-tu ? Crois-tu que je vais te compromettre ? Mais il viendra lui-même te supplier, humblement, à genoux ! Il va mourir de bonheur, voilà comment cela se fera !

Entre Stépan Trophimovitch. Dacha se lève.

DEUXIÈME TABLEAU

STÉPAN

Ah ! Dachenka, ma jolie, quelle joie de vous retrouver. (*Il l'embrasse.*) Vous voilà enfin parmi nous !

VARVARA

Laissez-la. Vous avez la vie entière pour la caresser. Et moi, j'ai à vous parler.

Dacha sort.

STÉPAN

Soit, mon amie, soit. Mais vous savez combien j'aime ma petite élève.

VARVARA

Je sais. Mais ne l'appelez pas toujours « ma petite élève ». Elle a grandi ! C'est agaçant ! Hum, vous avez fumé !

STÉPAN

C'est-à-dire...

VARVARA

Asseyez-vous. La question n'est pas là. La question est qu'il faut vous marier.

STÉPAN, *stupéfait*.

Me marier ? Une troisième fois et à cinquante-trois ans !

VARVARA

Eh bien, qu'est-ce que cela signifie ? A cinquante ans, on est au sommet de la vie. Je le sais, je vais les avoir. D'ailleurs, vous êtes un bel homme.

STÉPAN

Vous avez toujours été indulgente pour moi, mon amie. Mais je dois vous dire... je ne m'attendais pas... Oui, à cinquante ans, nous ne sommes pas encore vieux. Cela est évident.

Il la regarde.

VARVARA

Je vous aiderai. La corbeille de mariage ne sera pas vide. Ah ! j'oubliais ! C'est Dacha que vous épouserez.

STÉPAN *sursaute.*

Dacha... Mais je croyais... Dacha ! Mais c'est une enfant.

VARVARA

Une enfant de vingt ans, grâce à Dieu ! Ne roulez pas ainsi vos prunelles, je vous prie, vous n'êtes pas au cirque. Vous êtes intelligent, mais vous ne comprenez rien. Vous avez besoin de quelqu'un qui s'occupe de vous constamment. Que ferez-vous si je meurs ? Dacha sera pour vous une excellente gouvernante. D'ailleurs, je serai là, je ne vais pas mourir tout de suite. Et puis, c'est un ange de douceur. (*Avec emportement.*) Comprenez-vous, je vous dis que c'est un ange de douceur !

DEUXIÈME TABLEAU

STÉPAN

Je le sais, mais cette différence d'âge... J'imaginais... à la rigueur, voyez-vous, quelqu'un de mon âge...

VARVARA

Eh bien, vous l'élèverez, vous développerez son cœur. Vous lui donnerez un nom honorable. Vous serez peut-être son sauveur, oui, son sauveur...

STÉPAN

Mais elle... vous lui avez parlé ?

VARVARA

Ne vous inquiétez pas d'elle. Naturellement, c'est à vous de la prier, de la supplier de vous faire cet honneur, vous comprenez. Mais soyez sans inquiétude, je serai là, moi. D'ailleurs, vous l'aimez. (*Stépan Trophimovitch se lève et chancelle.*) Qu'avez-vous ?

STÉPAN

Je... j'accepte, bien sûr, puisque vous le désirez, mais... je n'aurais jamais cru que vous consentiriez...

VARVARA

Quoi donc ?

STÉPAN

Sans une raison majeure, une raison urgente...

je n'aurais jamais cru que vous puissiez accepter de me voir marié à... à une autre femme.

VARVARA *se lève brusquement.*

Une autre femme... (*Elle le regarde d'un air terrible puis gagne la porte. Avant d'y arriver, elle se retourne.*) Je ne vous pardonnerai jamais, jamais, entendez-vous, d'avoir pu imaginer une seule seconde qu'entre vous et moi... (*Elle va sortir, mais entre Grigoreiev.*) Je... Bonjour, Grigoreiev. (*A Stépan Trophimovitch :*) Vous avez donc accepté. Je réglerai moi-même les détails. D'ailleurs, je vais chez Prascovie lui faire part de ce projet. Et soignez-vous. Ne vous laissez pas vieillir !

Elle sort.

GRIGOREIEV

Notre amie semble bien agitée...

STÉPAN

C'est-à-dire... Oh ! je finirai par perdre patience et ne plus vouloir...

GRIGOREIEV

Vouloir quoi...

STÉPAN

J'ai consenti parce que la vie m'ennuie et que tout m'est égal. Mais si elle m'exaspère, tout ne sera plus égal. Je ressentirai l'offense et je refuserai.

DEUXIÈME TABLEAU

GRIGOREIEV

Vous refuserez ?

STÉPAN

De me marier. Oh, je n'aurais pas dû en parler ! Mais vous êtes mon ami, je me parle à moi-même. Oui, on veut me marier à Dacha et j'ai accepté, en somme, j'ai accepté. A mon âge ! Ah ! mon ami, le mariage est la mort de toute âme un peu fière, un peu libre. Le mariage me corrompra, il minera mon énergie, je ne pourrai plus servir la cause de l'humanité. Des enfants viendront et Dieu sait s'ils seront les miens. Et puis, non, ils ne seront pas les miens, le sage sait regarder la vérité en face. Et j'accepte ! Parce que je m'ennuie. Mais non, ce n'est pas parce que je m'ennuie que j'ai accepté. Seulement, il y a cette dette...

GRIGOREIEV

Vous vous calomniez. On n'a pas besoin d'argent pour épouser une jeune et jolie fille.

STÉPAN

Hélas, j'ai besoin d'argent plus que de jolie fille... Vous savez que j'ai mal géré cette propriété que mon fils tient de sa mère. Il va exiger les huit mille roubles que je lui dois. On l'accuse d'être révolutionnaire, socialiste, de vouloir détruire Dieu, la propriété, etc. Pour Dieu, je ne sais pas. Mais pour la propriété, il tient à la sienne, je vous l'assure... Et, d'ailleurs, c'est pour moi une dette d'honneur. Je dois me sacrifier.

GRIGOREIEV

Tout cela vous honore. Pourquoi donc vous lamentez-vous ?

STÉPAN

Il y a autre chose. Je soupçonne... voyez-vous... Oh, je ne suis pas si bête que j'en ai l'air en sa présence ! Pourquoi ce mariage précipité. Dacha était en Suisse. Elle a vu Nicolas. Et maintenant...

GRIGOREIEV

Je ne comprends pas.

STÉPAN

Oui, il y a des mystères. Pourquoi ces mystères ? Je ne veux pas couvrir les péchés d'autrui. Oui, les péchés d'autrui ! O Dieu qui êtes si grand et si bon, qui me consolera !...

Entrent Lisa et Maurice Nicolaievitch.

LISA

Mais le voici enfin, Maurice, c'est lui, c'est bien lui. (*A Stépan Trophimovitch :*) Vous me reconnaissez, n'est-ce pas ?

STÉPAN

Dieu ! Dieu ! Chère Lisa ! Enfin, une minute de bonheur !

LISA

Oui. Il y a douze ans que nous nous sommes quittés et vous êtes content, dites-moi que vous êtes content de me revoir. Vous n'avez donc pas oublié votre petite élève ?

Stépan Trophimovitch court vers elle, saisit sa main et la contemple sans pouvoir parler.

LISA

Voici un bouquet pour vous. Je voulais vous apporter un gâteau, mais Maurice Nicolaievitch a conseillé les fleurs. Il est si délicat. Voici Maurice : je voudrais que vous deveniez bons amis. Je l'aime beaucoup. Oui, il est l'homme que j'aime le plus au monde. Saluez, mon bon professeur, Maurice.

MAURICE

Je suis très honoré.

LISA, *à Stépan.*

Quelle joie de vous revoir ! Et pourtant je suis triste. Pourquoi est-ce que je me sens toujours triste en de pareils moments ? Expliquez-moi cela, vous qui êtes un homme savant. J'ai toujours imaginé que je serais follement heureuse en vous revoyant et que je me souviendrais de tout, et voilà que je ne suis nullement heureuse — et pourtant, je vous aime.

STÉPAN, *le bouquet à la main.*

Ce n'est rien. Moi aussi, n'est-ce pas, moi qui vous aime, vous voyez, j'ai envie de pleurer.

LISA

Oh, mais vous avez mon portrait ! (*Elle va décrocher une miniature.*) Est-il possible que ce soit moi ? Etais-je vraiment si jolie ? Mais je ne veux pas la regarder, non ! Une vie passe, une autre commence, puis fait place à une autre et ainsi sans fin. (*Regardant Grigoreiev*) Voyez les vieilles histoires que je raconte !

STÉPAN

J'oubliais, je perds la tête, je vous présente Grigoreiev, un excellent ami.

LISA, *avec un peu de coquetterie.*

Ah, oui ! C'est vous le confident ! Je vous trouve très sympathique.

GRIGOREIEV

Je ne mérite pas cet honneur.

LISA

Allons, allons, il ne faut pas avoir honte d'être un brave homme. (*Elle lui tourne le dos et il la regarde avec admiration.*) Dacha est rentrée avec nous. Mais vous le savez, bien sûr. C'est un ange. Je voudrais qu'elle soit heureuse. A propos, elle m'a beaucoup parlé de son frère. Comment est ce Chatov ?

STÉPAN

Eh bien ! un songe creux ! Il a été socialiste, il a abjuré, et maintenant il vit selon Dieu et la Russie.

LISA

Oui, quelqu'un m'a dit qu'il était un peu bizarre. Je veux le connaître. Je voudrais lui confier des travaux.

STÉPAN

Certainement, ce serait un bienfait.

LISA

Pourquoi, un bienfait ? Je veux le connaître, je m'intéresse... Enfin, j'ai absolument besoin de quelqu'un pour m'aider.

GRIGOREIEV

Je connais assez bien Chatov et, si cela peut vous plaire, j'irai le trouver aussitôt.

LISA

Oui, oui. Il se peut d'ailleurs que j'y aille moi-même. Quoique je ne veuille pas le déranger, ni d'ailleurs personne dans cette maison. Mais il faut que nous soyons chez nous dans un quart d'heure. Etes-vous prêt, Maurice ?

MAURICE

Je suis à vos ordres.

LISA

Très bien. Vous êtes bon. (*A Stépan Trophimovitch, en marchant vers la porte*) N'êtes-
vous pas comme moi : j'ai horreur des hommes
qui ne sont pas bons, même s'ils sont très beaux
et très intelligents ? Le cœur, voilà ce qu'il faut.
A propos, je vous félicite pour votre mariage.

STÉPAN

Comment, vous savez...

LISA

Mais oui, Varvara vient de nous l'apprendre.
Quelle bonne nouvelle ! Et je suis sûre que
Dacha ne s'y attendait pas. Venez, Maurice...

Noir

LE NARRATEUR

J'allai donc voir Chatov puisque Lisa le voulait et qu'il me semblait déjà que je ne pouvais
rien refuser à Lisa, bien que je n'eusse pas une
seconde ajouté foi aux explications qu'elle don-
nait de sa subite envie. Cela m'amena donc, et
vous amène en même temps, dans un quartier

DEUXIÈME TABLEAU

moins distingué, chez la logeuse Philipov, qui
louait des chambres et un salon commun, ou
du moins ce qu'elle appelait un salon, à de curieux personnages dont Lebiadkine et sa sœur,
Maria, Chatov et surtout l'ingénieur Kirilov.

TROISIÈME TABLEAU

La scène représente un salon et une petite
chambre, celle de Chatov, côté cour.
Le salon a une porte côté jardin qui donne sur
la chambre de Kirilov, deux portes au fond,
l'une donnant sur l'entrée, l'autre sur l'escalier
du premier étage.
Au milieu du salon, Kirilov, face au public,
l'air très grave, fait sa culture physique.

KIRILOV

Un, deux, trois, quatre... Un, deux, trois,
quatre... (*Il respire.*) Un, deux, trois, quatre...

Entre Grigoreiev.

GRIGOREIEV

Je vous dérange ? Je cherchais Ivan Chatov.

KIRILOV

Il est sorti. Vous ne me dérangez pas, mais il
me reste encore un mouvement à faire. Vous
permettez. (*Il fait son mouvement en murmu-*
rant les chiffres.) Voilà. Chatov va rentrer.
Accepterez-vous du thé ? J'aime boire du thé

la nuit. Surtout après ma gymnastique. Je marche beaucoup, de long en large, et je bois du thé jusqu'au petit jour.

GRIGOREIEV

Vous vous couchez au petit jour ?

KIRILOV

Toujours. Depuis longtemps. La nuit, je réfléchis.

GRIGOREIEV

Toute la nuit ?

KIRILOV, *avec calme.*

Oui, il le faut. Voyez-vous, je m'intéresse aux raisons pour lesquelles les hommes n'osent pas se tuer.

GRIGOREIEV

N'osent pas ? Vous trouvez qu'il n'y a pas assez de suicides ?

KIRILOV, *distrait.*

Normalement, il devrait y en avoir beaucoup plus.

GRIGOREIEV, *ironique.*

Et qu'est-ce qui empêche, selon vous, les gens de se tuer ?

KIRILOV

La souffrance. Ceux qui se tuent par folie ou désespoir ne pensent pas à la souffrance. Mais ceux qui se tuent par raison y pensent forcément.

GRIGOREIEV

Comment, il y a des gens qui se tuent par raison ?

KIRILOV

Beaucoup. Sans la souffrance et les préjugés, il y en aurait davantage, un très grand nombre, tous les hommes sans doute.

GRIGOREIEV

Quoi ?

KIRILOV

Mais l'idée qu'ils vont souffrir les empêche de se tuer. Même quand on sait qu'il n'y a pas de souffrance, l'idée reste. Imaginez une pierre grande comme une maison, qui tombe sur vous. Vous n'auriez le temps de rien sentir, d'avoir vraiment mal. Eh bien, même comme cela, on a peur et on recule. C'est intéressant.

GRIGOREIEV

Il doit y avoir une autre raison.

KIRILOV

Oui... L'autre monde.

TROISIÈME TABLEAU

GRIGOREIEV

Vous voulez dire le châtiment.

KIRILOV

Non, l'autre monde. On croit qu'il y a une raison de vivre.

GRIGOREIEV

Et il n'y en a pas ?

KIRILOV

Non, il n'y en a pas, c'est pourquoi nous sommes libres. Il est indifférent de vivre et de mourir.

GRIGOREIEV

Comment pouvez-vous dire cela si calmement ?

KIRILOV

Je n'aime pas me disputer et je ne ris jamais.

GRIGOREIEV

L'homme a peur de la mort parce qu'il aime la vie, parce que la vie est bonne, voilà tout.

KIRILOV, *avec un brusque emportement.*

C'est une lâcheté, une lâcheté, rien de plus ! La vie n'est pas bonne. Et l'autre monde n'existe pas ! Dieu n'est qu'un fantôme suscité par la peur de la mort et de la souffrance. Pour être libre, il faut vaincre la souffrance et la terreur, il faut se tuer. Alors, il n'y aura plus de Dieu et l'homme sera enfin libre. Alors, on divisera l'histoire en deux parties : du gorille à la destruction de Dieu et de la destruction de Dieu...

GRIGOREIEV

Au gorille.

KIRILOV

A la divinisation de l'homme. (*Subitement calmé.*) Celui qui ose se tuer, celui-là est Dieu. Personne n'a encore songé à cela. Moi, oui.

GRIGOREIEV

Il y a eu des millions de suicides.

KIRILOV

Jamais pour cela. Toujours avec la crainte. Jamais pour tuer la crainte. Celui qui se tuera pour tuer la crainte, à l'instant même, il sera Dieu.

GRIGOREIEV

J'ai peur qu'il n'en ait pas le temps.

KIRILOV *se lève et, doucement, comme avec mépris.*

Je regrette que vous ayez l'air de rire.

TROISIÈME TABLEAU

GRIGOREIEV

Pardonnez-moi, je ne riais pas. Mais tout cela est si étrange.

KIRILOV

Pourquoi étrange ? Ce qui est étrange, c'est qu'on puisse vivre sans penser à cela. Moi, je ne puis penser à rien d'autre. Toute ma vie, je n'ai pensé qu'à cela. (*Il lui fait signe de se pencher. Grigoreiev se penche.*) Toute ma vie, j'ai été tourmenté par Dieu.

GRIGOREIEV

Pourquoi me parlez-vous ainsi ? Vous ne me connaissez pas ?

KIRILOV

Vous ressemblez à mon frère, qui est mort depuis sept ans.

GRIGOREIEV

Il a exercé une grande influence sur vous ?

KIRILOV

Non. Il ne disait jamais rien. Mais vous lui ressemblez beaucoup, extraordinairement même. (*Entre Chatov. Kirilov se lève.*) J'ai l'honneur de vous informer que monsieur Grigoreiev vous attend depuis quelque temps déjà.

Il sort.

CHATOV

Qu'est-ce qu'il a ?

GRIGOREIEV

Je ne sais pas. Si j'ai bien compris, il veut que nous nous suicidions tous pour prouver à Dieu qu'il n'existe pas.

CHATOV

Oui, c'est un nihiliste. Il a contracté cette maladie en Amérique.

GRIGOREIEV

En Amérique ?

CHATOV

Je l'ai connu là-bas. Nous avons crevé de faim ensemble, couché ensemble sur la terre nue. [C'était à l'époque où je pensais comme tous ces impuissants. Nous avons voulu aller là-bas pour nous rendre compte par une expérience personnelle de l'état d'un homme placé dans les conditions sociales les plus dures.

GRIGOREIEV

Seigneur ! Pourquoi aller si loin ? Il vous suffisait de vous embaucher pour la récolte, à vingt kilomètres d'ici.

CHATOV

Je sais. Mais voilà les fous que nous étions.
Celui-ci l'est resté, quoiqu'il y ait en lui une
passion vraie et une fermeté que je respecte.
Il crevait là-bas sans dire un mot.] Heureusement, un ami généreux nous a envoyé de l'argent pour nous rapatrier. (*Il regarde le Narrateur.*) Vous ne me demandez pas qui était cet
ami.

GRIGOREIEV

Qui ?

CHATOV

Nicolas Stavroguine. (*Silence.*) Et vous pensez
savoir pourquoi il l'a fait ?

GRIGOREIEV

Je ne crois pas aux racontars.

CHATOV

Oui, on dit qu'il a eu une liaison avec ma
femme. Eh bien ! quand cela serait ? (*Il le
regarde fixement.*) Je ne l'ai pas encore rem-
boursé. Mais je le ferai. Je ne veux plus rien
avoir à faire avec ce monde-là. (*Un temps.*)
Voyez-vous, Grigoreiev, tous ces gens, Lipoutine,
Chigalev et tant d'autres, comme le fils de Stépan Trophimovitch et même Stavroguine, savez-
vous ce qui les explique ? La haine. (*Le Narrateur a un geste de la main.*) Oui. Ils haïssent
leur pays. Ils seraient les premiers à être terri-

blement malheureux si leur pays pouvait être tout à coup réformé, s'il devenait extraordinairement prospère et heureux. Ils n'auraient plus personne sur qui cracher. Tandis que maintenant, ils peuvent cracher sur leur pays et lui vouloir du mal.

GRIGOREIEV

Et vous, Chatov ?

CHATOV

J'aime la Russie maintenant, bien que je n'en sois plus digne. C'est pourquoi je suis triste de son malheur et de mon indignité. Et eux, mes anciens amis, ils m'accusent de les avoir trahis. (*Il se détourne.*) En attendant, il faudrait que je gagne de l'argent pour rembourser Stavroguine. Il le faut absolument.

GRIGOREIEV

Justement...

> *On frappe. Chatov va ouvrir. Entre Lisa avec un paquet de journaux à la main.*

LISA, *à Grigoreiev.*

Oh ! vous êtes déjà là. (*Elle vient vers lui.*) J'avais donc raison en m'imaginant hier chez Stépan Trophimovitch que vous m'étiez un peu dévoué. Avez-vous pu parler à ce M. Chatov ?

> *Pendant ce temps, elle regarde avec intensité autour d'elle.*

GRIGOREIEV

Le voici. Mais je n'ai pas eu le temps... Chatov, Elizabeth Drozdov, que vous connaissez de nom, m'avait chargé d'une commission pour vous.

LISA

Je suis heureuse de vous connaître. On m'a parlé de vous. Pierre Verkhovensky m'a dit que vous étiez intelligent. Nicolas Stavroguine aussi m'a parlé de vous. (*Chatov se détourne.*) En tout cas, voilà mon idée. Selon moi, n'est-ce pas, on ne connaît pas notre pays. Alors, j'ai pensé qu'il fallait réunir en un seul livre tous les faits divers et les événements significatifs dont nos journaux ont parlé depuis plusieurs années. Ce livre, forcément, serait la Russie. Si vous vouliez m'aider... Il me faudrait quelqu'un de compétent et je paierais votre travail, naturellement.

[CHATOV

C'est une idée intéressante, intelligente même... Elle mérite qu'on y pense... Vraiment.

LISA, *toute contente.*

Si le livre se vendait, nous partagerions les bénéfices. Vous fourniriez le plan et le travail, moi l'idée première et les fonds nécessaires.

CHATOV

Mais qui vous fait penser que je pourrais faire ce travail ? Pourquoi moi plutôt qu'un autre ?

LISA

Eh ! bien, ce qu'on m'a rapporté de vous m'a paru sympathique. Acceptez-vous ?

CHATOV

Cela peut se faire. Oui. Pouvez-vous laisser vos journaux ? J'y réfléchirai.

LISA *bat des mains.*

Oh ! que je suis contente ! Comme je serai fière quand le livre paraîtra.] (*Elle n'a pas cessé de regarder autour d'elle.*) A propos, n'est-ce pas ici qu'habite le capitaine Lebiadkine ?

GRIGOREIEV

Mais oui. Je croyais vous l'avoir dit. Vous vous intéressez à lui ?

LISA

A lui, oui, mais pas seulement... En tout cas, il s'intéresse à moi... (*Elle regarde Grigoreiev.*) Il m'a écrit une lettre avec des vers, où il me dit qu'il a des révélations à faire. Je n'ai rien compris. (*A Chatov.*) Que pensez-vous de lui ?

CHATOV

C'est un ivrogne et un homme malhonnête.

LISA

Mais on m'a dit qu'il habitait avec sa sœur.

TROISIÈME TABLEAU

CHATOV

Oui.

LISA

On dit qu'il la tyrannise ? (*Chatov la regarde fixement et ne répond pas.*) On dit tant de choses, c'est vrai. J'interrogerai Nicolas Stavroguine qui la connaît, et qui la connaît même très bien, d'après ce qu'on dit, n'est-ce pas ?

Chatov la regarde toujours.

LISA, *avec une passion soudaine.*

Oh ! Ecoutez, je veux la voir tout de suite. Il faut que je la voie de mes propres yeux et je vous supplie de m'aider. Il le faut absolument.

CHATOV *va prendre les journaux.*

Reprenez vos journaux. Je n'accepte pas ce travail.

LISA

Mais pourquoi ? Pourquoi donc ? Il me semble que je vous ai fâché ?

CHATOV

Ce n'est pas cela. Il ne faut pas compter sur moi pour cette besogne, voilà tout.

LISA

Quelle besogne ? Ce travail n'est pas imaginaire. Je veux le faire.

71

CHATOV

Oui. Il faut rentrer chez vous, maintenant.

GRIGOREIEV, *avec tendresse.*

Oui. Rentrez, je vous en prie. Chatov va réfléchir. Je viendrai vous voir, je vous tiendrai au courant.

> *Lisa les regarde, se plaint sourdement,
> puis s'enfuit.*

CHATOV

C'était un prétexte. Elle voulait voir Maria Timopheievna et je ne suis pas assez bas pour me prêter à une pareille comédie.

> *Maria Timopheievna est entrée dans
> son dos. Elle a un petit pain dans les
> mains.*

MARIA TIMOPHEIEVNA

Bonjour, Chatouchka !

> *Grigoreiev salue.*
> *Chatov va vers Maria Timopheievna et
> lui prend le bras. Elle vient vers la table
> au centre, pose son petit pain sur la
> table, tire un tiroir et prend un jeu de
> cartes sans s'occuper de Grigoreiev.*

MARIA, *battant les cartes.*

J'en avais assez de rester seule dans ma chambre.

TROISIÈME TABLEAU

CHATOV

Je suis heureux de te voir.

MARIA

Moi aussi. Celui-là... (*Elle montre Grigo-reiev.*) je ne le connais pas. Honneur aux visiteurs ! Oui, je suis toujours contente de parler avec toi, bien que tu sois toujours dépeigné. Tu vis comme un moine, laisse-moi te peigner.

Elle tire un petit peigne de sa poche.

CHATOV, *riant.*

C'est que je n'ai pas de peigne.

Maria Timopheïevna le peigne.

MARIA

Vraiment ? Eh bien, plus tard, quand mon prince reviendra, je te donnerai le mien. (*Elle fait une raie, recule pour juger de l'effet et met le peigne dans sa poche.*) Veux-tu que je te dise, Chatouchka ? (*Elle s'assied et commence une réussite.*) Tu es intelligent et pourtant tu t'ennuies. Vous vous ennuyez tous d'ailleurs. Je ne comprends pas qu'on s'ennuie. Être triste n'est pas s'ennuyer. Moi, je suis triste, mais je m'amuse.

CHATOV

Même quand ton frère est là ?

MARIA

Tu veux dire mon laquais ? Il est mon frère, certainement, mais surtout, il est mon laquais. Je le commande : « Lebiadkine, de l'eau ! » Il y va. Quelquefois j'ai le tort de rire en le regardant et, s'il est ivre, il me bat.

Elle continue sa réussite.

CHATOV, *à Grigoreiev.*

C'est vrai. Elle le traite comme un laquais. Il la bat, mais elle n'a pas peur de lui. Elle oublie tout ce qui vient de se passer, d'ailleurs, et n'a aucune notion du temps. (*Grigoreiev fait un geste.*) Non, je peux parler devant elle, elle nous a oubliés déjà, elle cesse bien vite d'écouter et se plonge dans ses rêveries. Vous voyez ce petit pain. Peut-être n'en a-t-elle pris qu'une seule bouchée depuis le matin et ne l'achèvera-t-elle que demain.

Maria Timopheievna prend le petit pain sans cesser de regarder les cartes, mais elle le tient dans sa main sans y goûter. Elle le reposera au courant de la conversation.

MARIA

Un déménagement, un homme méchant, une trahison, un lit de mort... Allons, ce sont des mensonges. Si les gens peuvent mentir, pourquoi pas les cartes. (*Elle les brouille et se lève.*) Tout le monde ment, sauf la mère de Dieu !

Elle sourit en regardant à ses pieds.

TROISIÈME TABLEAU

CHATOV

La mère de Dieu ?

MARIA

Mais oui, la mère de Dieu, la nature, la grande terre humide ! Elle est bonne et vraie. Tu te souviens de ce qui est écrit, Chatouchka ? « Quand tu auras abreuvé la terre de tes larmes, jusqu'à une profondeur d'un pied, alors tu te réjouiras de tout. » C'est pourquoi je pleure si souvent, Chatouchka. Il n'y a rien de mal à ces larmes. Toutes les larmes sont des larmes de joie ou des promesses de joie. (*Elle a le visage couvert de larmes. Elle met les mains sur les épaules de Chatov.*) Chatouchka, Chatouchka, est-ce vrai que ta femme t'a quitté ?

CHATOV

C'est vrai. Elle m'a abandonné.

MARIA TIMOPHEIEVNA, *lui caressant le visage.*

Ne te fâche pas. Moi aussi, j'ai le cœur gros. Sais-tu, j'ai fait un rêve. Il revenait. Lui, mon prince, il revenait, il m'appelait d'une voix douce; « Ma chérie, disait-il, ma chérie, viens me retrouver. » Et j'étais heureuse. « Il m'aime, il m'aime. » Voilà ce que je répétais.

CHATOV

Peut-être va-t-il venir réellement.

MARIA

Oh ! non, ce n'est qu'un rêve ! Mon prince ne reviendra plus. Je resterai seule. Oh, mon cher ami, pourquoi ne m'interroges-tu jamais sur rien ?

CHATOV

Parce que tu ne me diras rien, je le sais.

MARIA

Non, oh non, je ne dirai rien ! On peut me tuer, on peut me brûler, je ne dirai rien, on ne saura jamais rien !

CHATOV

Tu vois bien.

MARIA

Pourtant si toi, dont le cœur est bon, tu me le demandais, alors, oui, peut-être... Pourquoi ne me le demandes-tu pas ? Demande-le-moi, demande-le bien, Chatouchka, et je le dirai. Supplie-moi, Chatouchka, pour que je consente à parler. Et je parlerai, je parlerai...

> *Chatov reste muet et Maria Timo-pheievna, devant lui, le visage couvert de larmes. Puis on entend du bruit, des jurons dans l'entrée.*

CHATOV

Le voilà, voilà ton frère. Rentre chez toi ou il te battra encore.

TROISIÈME TABLEAU

MARIA *éclate de rire.*

Ah ! C'est mon laquais ? Eh bien ! quelle importance ? Nous l'enverrons à la cuisine. (*Mais Chatov l'entraîne vers la porte du fond.*) Ne t'inquiète pas, Chatouchka, ne t'inquiète pas. Si mon prince revient, il me défendra.

> *Entre Lebiadkine en faisant claquer la porte.*
> *Maria Timopheievna reste au fond avec, sur le visage, un sourire de mépris figé dans une expression étrange.*

LEBIADKINE, *chantant sur le pas de la porte.*

Je suis venu te dire
Que le soleil s'est levé
Que la forêt tremble et respire
Sous le feu de ses baisers.

Qui va là ? Ami ou ennemi ! (*A Maria Timopheievna.*) Toi, rentre dans ta chambre !

CHATOV

Laissez votre sœur tranquille.

LEBIADKINE, *se présentant à Grigoreiev.*

Le capitaine en retraite Ignace Lebiadkine, au service du monde entier et de ses amis, à la condition qu'ils soient des amis fidèles ! Ah ! les canailles ! Et d'abord, sachez tous que je suis amoureux de Lisa Drozdov. C'est une étoile

77

et une amazone. Bref, une étoile à cheval. Et moi, je suis un homme d'honneur.

CHATOV

Qui vend sa sœur.

LEBIADKINE, *hurlant.*

Quoi ? Encore la calomnie ! Sais-tu que je pourrais te confondre d'un seul mot...

CHATOV

Dis ce mot.

LEBIADKINE

Crois-tu que je n'oserais pas.

CHATOV

Non, tu es un lâche bien que capitaine. Et tu auras peur de ton maître.

LEBIADKINE

On me provoque, vous en êtes témoin, monsieur ! Eh bien, sais-tu, savez-vous, de qui celle-ci est la femme ?

Grigoreiev fait un pas.

CHATOV

De qui ? Tu n'oseras pas le dire.

TROISIÈME TABLEAU

LEBIADKINE

Elle est... elle est...

Maria Timopheievna avance, la bouche ouverte et muette.

Noir

LE NARRATEUR

De qui cette malheureuse infirme était-elle la femme ? Etait-il vrai que Dacha avait été déshonorée et par qui ? Qui encore avait séduit la femme de Chatov ? Eh bien, nous allons recevoir une réponse ! Au moment, en effet, où le climat de notre petite ville devenait si tendu, un dernier personnage vint y promener un brandon enflammé qui fit tout sauter et mit tout le monde à nu. Et, croyez-moi, voir ses concitoyens tout nus est généralement une épreuve douloureuse. Le fils de l'humaniste donc, le rejeton du libéral Stépan Trophimovitch, Pierre Verkhovensky enfin, surgit au moment où on l'attendait le moins.

QUATRIÈME TABLEAU

Chez Varvara Stavroguine.
Grigoreiev et Stépan Trophimovitch.

STÉPAN

Ah ! cher ami, tout va se décider maintenant. Si Dacha accepte, dimanche je serai un
homme marié et ce n'est pas drôle. [Enfin, puisque ma très chère Varvara Stavroguine m'a
prié de venir aujourd'hui pour que tout soit
en règle, je lui obéirai. N'ai-je pas été indigne
avec elle ?

GRIGOREIEV

Mais non, vous étiez bouleversé, voilà tout.

STÉPAN

Si, je l'ai été. Quand je pense à cette femme
généreuse et compatissante, si indulgente à mes
défauts méprisables ! Je suis un enfant capri-
cieux, avec tout l'égoïsme de l'enfant, sans en
avoir l'innocence. Voilà vingt ans qu'elle me
soigne. Et moi, au moment même où elle reçoit
ces affreuses lettres anonymes...

QUATRIÈME TABLEAU

GRIGOREIEV

Des lettres anonymes...

STÉPAN

Oui, imaginez cela : on lui révèle que Nicolas a donné son domaine à Lebiadkine. Ce Nicolas est un monstre. Pauvre Lisa ! Enfin, vous l'aimez, je sais.

GRIGOREIEV

Qui vous permet...

STÉPAN

Bon, bon, je n'ai rien dit. Maurice Nicolaievitch aussi l'aime, notez bien. Pauvre homme, je ne voudrais pas être à sa place. La mienne du reste n'est pas plus facile.] En tout cas, il faut que je vous le dise, j'ai honte de moi, mais j'ai écrit à Dacha.

GRIGOREIEV

Mon Dieu ! Que lui avez-vous dit ?

STÉPAN

Euh ! Enfin... Bref, j'ai écrit aussi à Nicolas.

GRIGOREIEV

Vous êtes fou ?

STÉPAN

Mais mon intention était noble. Après tout, supposez qu'il se soit passé réellement quelque chose en Suisse, ou qu'il y ait eu un commencement, un petit commencement, ou même un tout petit commencement, j'étais bien forcé d'interroger leurs cœurs avant tout, de peur d'exercer une contrainte sur eux. Je voulais qu'ils sachent que je savais, pour qu'ils soient libres. Je n'ai agi que par noblesse.

GRIGOREIEV

Mais c'était stupide !

STÉPAN

Oui, oui, c'était bête. Mais que faire ? Tout est dit. J'ai écrit aussi à mon fils. Et puis qu'importe ! J'épouserai Dacha même s'il s'agit de couvrir la faute d'autrui.

GRIGOREIEV

Ne dites pas cela.

STÉPAN

Ah, si ce dimanche pouvait ne jamais venir, être supprimé, simplement ! Qu'est-ce que ça coûterait à Dieu de faire un miracle et de rayer un seul dimanche du calendrier ? Ne serait-ce que pour démontrer sa puissance aux athées et que tout soit dit ! Comme je l'aime, comme je l'aime depuis vingt ans ! Peut-elle

croire que je me marie par peur, ou pauvreté ?
C'est pour elle seule que je le fais.

GRIGOREIEV

De qui parlez-vous ?

STÉPAN

Mais de Varvara. Elle est la seule femme que
j'adore depuis vingt ans. (*Entre Alexis Egovo-
ritch qui introduit Chatov.*) Ah ! voilà notre
coléreux ami. Vous venez voir votre sœur, je
crois...

CHATOV

Non. J'ai reçu une invitation de Varvara Stavroguine pour affaire me concernant. C'est ainsi,
je crois, que s'expriment les commissaires de
police lorsqu'ils nous convoquent.

STÉPAN

Mais non, mais non ! C'était l'expression
exacte quoique je ne sache pas de quelle affaire
il s'agit, ni si elle vous concerne. Enfin, notre
très chère Varvara est à la messe. Quant à
Daria, elle est dans sa chambre. Voulez-vous
que je la fasse demander ?

CHATOV

Non.

STÉPAN

Passons. Cela vaut mieux d'ailleurs. Le plus

tard sera le mieux. Vous connaissez sans doute
les projets que Varvara a sur elle.

CHATOV

Oui.

STÉPAN

Parfait, parfait ! Dans ce cas, n'en parlons
plus, n'en parlons plus. Naturellement, je comprends que vous soyez surpris. Moi-même, je
l'ai été. Si rapidement...

CHATOV

Taisez-vous.

STÉPAN

Bien. Soyez poli, mon cher Chatov, aujour-
d'hui au moins. Oui, soyez patient avec moi.
Mon cœur est lourd.

> *Entrent Varvara Stavroguine et Pras-
> covie Drozdov aidée par Maurice Nico-
> laievitch.*

PRASCOVIE

Quel scandale, quel scandale ! Et Lisa mêlée
à tout cela...

VARVARA, *elle sonne.*

Tais-toi ! Où vois-tu un scandale ? Cette
pauvre fille n'a pas son bon sens. Un peu de
charité, ma chère Prascovie !

QUATRIÈME TABLEAU

STÉPAN

Quoi ? Que se passe-t-il ?

VARVARA

Ce n'est rien. Une pauvre infirme s'est jetée à mes genoux à la sortie de la messe et a embrassé ma main. (*Alexis Egorovitch entre.*) Du café... Et qu'on ne dételle pas les chevaux.

PRASCOVIE

Devant tout le monde, et tous faisaient cercle !

VARVARA

Bien sûr, devant tout le monde ! Dieu merci, l'église était pleine ! Je lui ai donné dix roubles et je l'ai relevée. Lisa a voulu la raccompagner chez elle.

Entre Lisa tenant par la main Maria Timopheievna.

LISA

Non, j'ai réfléchi. J'ai pensé que vous seriez tous heureux de mieux connaître Maria Lebiadkine.

MARIA TIMOPHEIEVNA

Que c'est beau ! (*Elle aperçoit Chatov.*) Comment, te voilà, Chatouchka ! Que fais-tu dans le grand monde ?

LES POSSÉDÉS

VARVARA, *à Chatov.*

Vous connaissez cette femme ?

CHATOV

Oui.

VARVARA

Qui est-elle ?

CHATOV

Voyez vous-même.

> *Elle regarde avec angoisse Maria Timopheievna.*
> *Entre Alexis Egorovitch avec un plateau et du café.*

VARVARA, *à Maria Timopheievna.*

Vous aviez froid tout à l'heure, ma chérie. Buvez ce café, il vous réchauffera.

MARIA TIMOPHEIEVNA *sourit.*

Oui. Oh ! J'ai oublié de vous rendre le châle que vous m'avez prêté.

VARVARA

Gardez-le. Il est à vous. Asseyez-vous et buvez votre café. N'ayez pas peur.

STÉPAN

Chère amie...

QUATRIÈME TABLEAU

VARVARA

Ah ! vous, taisez-vous, la situation est assez compliquée sans que vous vous en mêliez ! Alexis, prie Dacha de descendre.

PRASCOVIE

Lisa, il faut nous retirer maintenant. Ta place n'est pas ici. Nous n'avons plus rien à faire dans cette maison.

VARVARA

Voilà une phrase de trop, Prascovie. Remercie Dieu qu'il n'y ait ici que des amis.

PRASCOVIE

Si ce sont des amis, tant mieux. Mais je n'ai pas peur de l'opinion publique, moi. C'est toi qui, avec tout ton orgueil, trembles devant le monde. C'est toi qui as peur de la vérité.

VARVARA

Quelle vérité, Prascovie ?

PRASCOVIE

Celle-ci.

> *Elle désigne du doigt Maria Timopheievna qui, à la vue du doigt tendu vers elle, rit et se trémousse.*
> *Varvara se dresse, pâle, et murmure quelque chose qu'on n'entend pas.*

*Entre Dacha par le fond et personne
ne la voit que Stépan Trophimovitch.*

STÉPAN, *après quelques petits gestes
destinés à attirer l'attention
de Varvara Stavroguine.*

Voici Dacha.

MARIA TIMOPHEIEVNA

Oh ! qu'elle est belle ! Eh ! bien, Chatouchka, ta sœur ne te ressemble pas.

VARVARA, *à Dacha.*

Tu connais cette personne ?

DACHA

Je ne l'ai jamais vue. Mais je suppose qu'elle
est la sœur de Lebiadkine.

MARIA

Oui, il est mon frère. Mais surtout il est
mon laquais. Moi non plus, ma chérie, je ne
vous connaissais pas. Et pourtant j'avais envie
de vous rencontrer, surtout depuis que mon laquais m'a dit que vous lui aviez donné de l'argent. Maintenant, je suis contente, vous êtes
charmante, oui, charmante, je vous le dis.

VARVARA

De quel argent s'agit-il ?

QUATRIÈME TABLEAU

DACHA

Nicolas Stavroguine m'avait chargé en Suisse de remettre une certaine somme à Maria Lebiadkine.

VARVARA

Nicolas ?

DACHA

Nicolas lui-même.

VARVARA, *après un silence.*

Bien. S'il l'a fait sans me le dire, il avait ses raisons et je n'ai pas à les connaître. Mais, à l'avenir, tu seras plus prudente. Ce Lebiadkine n'a pas bonne réputation.

MARIA TIMOPHEIEVNA

Oh ! non. Et s'il vient, il faut l'envoyer à la cuisine. C'est sa place. On peut lui donner du café. Mais je le méprise profondément.

ALEXIS EGOROVITCH *entre.*

Un certain M. Lebiadkine insiste beaucoup pour être annoncé.

MAURICE

Permettez-moi de vous dire, Madame, que ce n'est pas un homme qu'on puisse recevoir en société.

Varvara

Je vais pourtant le recevoir. (*A Alexis Egoro-vitch.*) Fais-le monter. (*Alexis Egorovitch sort.*) Pour tout vous dire, j'ai reçu des lettres ano-nymes m'informant que mon fils est un mons-tre et me prévenant contre une infirme appelée à jouer un grand rôle dans mon existence. Je veux en avoir le cœur net.

Prascovie

Moi aussi, j'ai reçu ces lettres. Et tu sais ce qu'elles disent de cette femme et de Nicolas...

Varvara

Je sais.

> *Entre Lebiadkine, animé sans être ivre. Il va vers Varvara Stavroguine.*

Lebiadkine

Je suis venu, Madame...

Varvara

Asseyez-vous sur cette chaise, Monsieur, vous pouvez aussi bien vous faire entendre de là-bas. (*Il fait demi-tour et va s'asseoir.*) Voulez-vous vous présenter, maintenant ?

Lebiadkine *se lève.*

Capitaine Lebiadkine. Je suis venu, Ma-dame...

QUATRIÈME TABLEAU

VARVARA

Cette personne est-elle votre sœur ?

LEBIADKINE

Oui, Madame. Elle a échappé à ma surveillance car... ne croyez pas que je songe à calomnier ma sœur, mais...

Il fait un geste du doigt vers sa tempe.

VARVARA

Y a-t-il longtemps que ce malheur est arrivé ?

LEBIADKINE

Depuis une certaine date, Madame, oui, une certaine date... Je suis venu vous remercier de l'avoir accueillie. Voici vingt roubles.

Il va vers elle, les autres ont un mouvement comme pour protéger Varvara Stavroguine.

VARVARA

Vous avez perdu la raison, je crois.

LEBIADKINE

Non, Madame. Riche est votre demeure et pauvre est la demeure des Lebiadkine, mais Maria ma sœur, née Lebiadkine, Maria sans nom, n'aurait accepté que de vous les dix roubles que vous lui avez donnés. De vous, Madame, de vous seule, elle acceptera tout. Mais pendant qu'elle accepte d'une main, de l'autre elle s'inscrit à l'une de vos œuvres de bienfaisance.

VARVARA

On s'inscrit chez mon concierge, Monsieur, et vous pourrez le faire en partant. Je vous prie donc de ranger vos billets et de ne pas les brandir devant moi. Je vous serais reconnaissante aussi de regagner votre place. Expliquez-vous maintenant et dites-moi pourquoi votre sœur peut tout accepter de moi.

LEBIADKINE

Madame, c'est un secret que j'emporterai dans la tombe.

VARVARA

Pourquoi cela ?

LEBIADKINE

Puis-je vous poser une question, ouvertement, à la russe, du fond de l'âme ?

VARVARA

Je vous écoute.

LEBIADKINE

Peut-on mourir uniquement parce qu'on a une âme trop noble ?

QUATRIÈME TABLEAU

VARVARA

Je ne me suis jamais posé cette question.

LEBIADKINE

Jamais, vraiment ? Eh bien, s'il en est ainsi...
(*Il se frappe vigoureusement la poitrine*) tais-
toi, cœur sans espoir !

> *Maria Timopheievna éclate de rire.*

VARVARA

Cessez, Monsieur, de parler par énigmes et
répondez à ma question. Pourquoi peut-elle
tout accepter de moi ?

LEBIADKINE

Pourquoi ? Ah ! Madame, tous les jours, depuis des millénaires, la nature entière crie à
son créateur « Pourquoi ? » et la réponse se
fait toujours attendre. Faut-il que le capitaine
Lebiadkine soit seul à répondre ? Serait-ce
juste ? Je voudrais m'appeler Pavel et je m'appelle Ignace... Pourquoi ? Je suis poète, poète
dans l'âme et je vis dans une porcherie. Pourquoi ? Pourquoi ?

VARVARA

Vous vous exprimez de façon pompeuse et je
considère cela comme une insolence.

LEBIADKINE

Non, Madame, point d'insolence. Je ne suis

qu'un cafard, mais le cafard ne se plaint pas.
On se trouve parfois placé dans des circonstances qui vous obligent à supporter le déshonneur de votre famille, plutôt que de crier la
vérité. Aussi, Lebiadkine ne se plaindra pas, il
ne dira pas un mot de trop. Reconnaissez, Madame, sa grandeur d'âme !

Entre Alexis Egorovitch, très ému.

ALEXIS EGOROVITCH

Nicolas Stavroguine est arrivé.

Tous se tournent vers la porte.
On entend des pas précipités. Entre
Pierre Verkhovensky.

STÉPAN

Mais...

PRASCOVIE

Mais c'est...

PIERRE

Je vous salue, Varvara Stavroguine.

STÉPAN

Pierre, mais c'est Pierre, mon enfant.

Il se précipite et le serre dans ses bras.

PIERRE

Bon. Bon. Ne t'agite pas. (*Il se dégage.*) Ima-
ginez-vous, j'entre, et je crois trouver Nicolas

Stavroguine. Mais non. Il m'a quitté, il y a une demi-heure, chez Kirilov, et m'a donné rendez-vous ici. Il va pourtant arriver et je suis heureux de vous annoncer cette bonne nouvelle.

STÉPAN

Mais il y a dix ans que je ne t'ai vu.

PIERRE

Raison de plus pour ne pas se laisser aller. Un peu de tenue ! Ah ! Lisa, que je suis heureux ! Et votre très respectable mère ne m'a pas oublié ? Comment vont vos jambes ? Chère Varvara Stavroguine, j'avais prévenu mon père, mais il a naturellement oublié...

STÉPAN

Mon enfant, quelle joie !

PIERRE

Oui, tu m'aimes. Mais tiens-toi tranquille. Ah ! voici Nicolas !

Entre Stavroguine.

VARVARA

Nicolas ! (*Au ton de son appel, Stavroguine s'arrête.*) Je vous prie de me dire immédiatement, sans quitter votre place, s'il est vrai que cette femme que voici est votre femme légitime ?

Nicolas la regarde fixement, sourit, puis

marche vers elle et embrasse sa main.
Il s'avance du même pas tranquille vers
Maria Timopheievna.
Maria se lève avec un ravissement dou-
loureux sur le visage.

STAVROGUINE, *avec une douceur*
et une tendresse extraordinaires.

Vous ne devez pas rester ici.

MARIA TIMOPHEIEVNA

Est-ce que je puis, ici, maintenant, m'age-
nouiller devant vous ?

STAVROGUINE *sourit.*

Non, vous ne le pouvez pas. Je ne suis ni
votre frère, ni votre fiancé, ni votre mari, n'est-
ce pas ? Prenez mon bras. Avec votre permis-
sion, je vous ramènerai chez votre frère. (*Elle
a un regard effrayé vers Lebiadkine.*) Ne crai-
gnez rien. Maintenant que je suis là, il ne vous
touchera plus.

MARIA TIMOPHEIEVNA

Oh ! Je ne crains rien. Vous êtes enfin venu.
Lebiadkine, fais avancer la calèche.

Lebiadkine sort.
Stavroguine donne son bras à Maria
Timopheievna qui le prend, radieuse.
Mais en marchant, elle fait un faux pas

et tomberait si Stavroguine ne la soute-
nait.

Il la conduit vers la sortie, avec égards,
au milieu d'un silence absolu.

Lisa qui s'est levée de sa chaise se
rassied avec une crispation de dégoût.

Dès qu'ils sont sortis, mouvement géné-
ral.

VARVARA, *à Prascovie Drozdov.*

Eh ! bien, as-tu entendu ce qu'il vient de
dire ?

PRASCOVIE

Bien sûr. Bien sûr ! Mais pourquoi ne t'a-
t-il pas répondu ?

PIERRE

Mais il ne le pouvait pas, croyez-moi !

VARVARA, *le regarde brusquement.*

Pourquoi ? Qu'en savez-vous ?

PIERRE

Mais je sais tout. Et l'histoire était trop
longue pour que Nicolas la raconte ainsi. Mais
je puis vous le dire, car j'ai été témoin de tout.

VARVARA

Si vous me donnez votre parole d'honneur
que votre récit ne blessera pas les sentiments
de Nicolas...

PIERRE

Au contraire !... Et il me sera reconnaissant d'avoir parlé... Voyez-vous, nous étions ensemble à Saint-Pétersbourg, il y a cinq ans, et Nicolas, comment dire, menait une vie... ironique. Oui, c'est le mot. Il s'ennuyait alors, mais ne voulait pas désespérer, alors il ne faisait rien et sortait avec n'importe qui, par noblesse d'âme, n'est-ce pas, en grand seigneur. Bref, il fréquentait des coquins. C'est ainsi qu'il connut ce Lebiadkine, un bouffon, un parasite. Lui et sa sœur vivaient dans la misère. Un jour, dans un cabaret, quelqu'un a manqué de respect à cette boiteuse. Nicolas s'est levé, a pris l'insulteur au collet et l'a jeté dehors d'une seule gifle. C'est tout.

[VARVARA

Comment... : « c'est tout » ?

PIERRE

Oui. Tout est venu de là. La boiteuse devint amoureuse de son chevalier qui, pourtant, ne lui adressait pas deux phrases à la suite. On se moquait d'elle. Nicolas seul ne riait pas et la traitait avec déférence.]

STÉPAN

Mais cela est chevaleresque.

QUATRIÈME TABLEAU

[PIERRE

Oui, vous voyez, mon père est de l'avis de la boiteuse. Kirilov, lui, n'était pas de cet avis.

VARVARA

Pourquoi donc ?

PIERRE

Il disait à Nicolas : « C'est parce que vous la traitez comme une marquise qu'elle perd complètement la tête et vous le faites exprès. »

LISA

Et qu'a répondu le chevalier ?

PIERRE

« Kirilov, a-t-il dit, vous croyez que je me moque d'elle mais vous vous trompez. Je la respecte car elle vaut mieux que nous tous. »

STÉPAN

Sublime ! Et comment dire... Oui, encore une fois, chevaleresque...]

PIERRE

Oui, chevaleresque ! Malheureusement la boiteuse a fini par s'imaginer que Nicolas était son fiancé. Bref, quand Nicolas a dû quitter Pétersbourg, il a pris ses dispositions pour assurer une pension annuelle à la boiteuse.

Lisa

Pourquoi cela ?

Pierre

Je ne sais pas. Un caprice peut-être, comme
peut en avoir, n'est-ce pas, un homme préma-
turément fatigué de l'existence. Kirilov, lui,
prétendait que c'était la fantaisie d'un jeune
homme blasé qui veut voir jusqu'où on peut
mener une infirme à moitié folle. Mais je suis
sûr que ce n'est pas vrai.

Varvara, *avec une extraordinaire exaltation.*

Mais bien sûr ! Je reconnais Nicolas, je me
reconnais ! Cet emportement, cet aveuglement
généreux qui prend la défense de ce qui est
faible, infirme, peut-être même indigne... (*Elle
regarde Stépan Trophimovitch.*) ... qui protège
cette créature des années durant, c'est moi,
c'est tout à fait moi ! Oh ! Que je suis coupable
envers Nicolas ! Quant à cette pauvre créature,
c'est très simple, je vais l'adopter.

Pierre

Et vous ferez bien. Car son frère la persé-
cute. Il s'est imaginé qu'il avait le droit de
disposer de sa pension. Non seulement il lui
prend tout ce qu'elle a, non seulement il la bat
et lui prend son argent, mais encore il boit, il
brave son bienfaiteur, menace de le poursuivre
devant les tribunaux si la pension ne lui est

pas directement versée. En somme, il considère le don librement consenti de Nicolas, librement consenti, n'est-ce pas, comme une sorte de tribut.

LISA

De tribut pour quoi ?

PIERRE

Eh bien, je ne sais pas, moi ! Il parle de l'honneur de sa sœur, de sa famille. L'honneur, n'est-ce pas, est un mot vague, très vague.

CHATOV

Est-ce un mot vague, vraiment ? (*Tous le regardent.*) Dacha, est-ce un mot vague selon toi ? (*Dacha le regarde.*) Réponds-moi.

DACHA

Non, frère, l'honneur existe.

Entre Stavroguine.
Varvara se lève et va rapidement à sa rencontre.

VARVARA

Ah ! Nicolas, me pardonneras-tu ?

STAVROGUINE

C'est à moi qu'il faut pardonner, mère. J'aurais dû vous expliquer. Mais j'étais sûr que Pierre Verkhovensky s'occuperait de vous renseigner.

VARVARA

Oui, il l'a fait. Et je suis heureuse... Tu as été chevaleresque.

STÉPAN

Sublime, c'est le mot.

STAVROGUINE

Chevaleresque, vraiment ! C'est ainsi que vous voyez les choses. Je suppose que je dois ce compliment à Pierre Verkhovensky. Et il faut le croire, mère. Il ne ment que dans des circonstances exceptionnelles. (*Pierre Verkhovensky et lui se regardent et ils sourient.*) Bon, je vous demande encore pardon pour mon attitude. (*D'une voix dure et sèche :*) En tout cas, l'affaire est close maintenant. On ne peut plus y revenir.

> *Lisa éclate d'un rire qui devient fou.*

STAVROGUINE

Bonjour, Lisa. J'espère que vous allez bien.

LISA

Excusez-moi, je vous prie. Vous connaissez sans doute Maurice Nicolaievitch. Mon Dieu, Maurice, comment peut-on être si grand ?

MAURICE

Je ne comprends pas.

QUATRIÈME TABLEAU

LISA

Oh ! rien... je pensais... Supposez que je sois infirme, vous me conduiriez dans les rues, vous seriez chevaleresque, n'est-ce pas, vous vous dévoueriez à moi ?

MAURICE

Assurément, Lisa. Mais pourquoi parler de ce malheur ?

LISA

Assurément, vous seriez chevaleresque. Eh bien ! vous, si grand, et moi, un peu tordue, nous ferions un couple ridicule.

> *Varvara Stavroguine va vers Lisa ainsi que Prascovie Drozdov.*
> *Mais Stavroguine se détourne et va vers Dacha.*

STAVROGUINE

J'ai appris votre mariage, Dacha, et je dois vous féliciter. (*Dacha détourne la tête.*) Mes félicitations sont sincères.

DACHA

Je le sais.

PIERRE

Pourquoi ces félicitations ? Dois-je croire à quelque heureuse nouvelle ?

PRASCOVIE

Oui, Dacha se marie.

PIERRE

Oh ! c'est merveilleux. Acceptez aussi mes félicitations. Mais vous avez perdu votre pari. Vous m'aviez dit en Suisse que vous ne vous marieriez jamais. Décidément, c'est une épidémie. Savez-vous que mon père se marie aussi ?

STÉPAN

Pierre !

PIERRE

Eh bien, ne me l'as-tu pas écrit ? Il est vrai que ton style n'est pas clair. Tu te déclares enchanté et puis tu me demandes de te sauver, tu me dis que la jeune fille est un diamant, mais que tu dois te marier pour couvrir des péchés commis en Suisse, tu me demandes mon consentement (c'est le monde à l'envers !) et tu me supplies de te sauver de ce mariage. (*Aux autres, gaiement :*) Allez vous y retrouver ! Mais sa génération est ainsi, des grands mots et des idées confuses ! (*Il semble se rendre compte de l'effet de ses paroles.*) Eh bien quoi... il me semble que j'ai fait une gaffe...

> VARVARA *s'avance vers lui,*
> *le visage enflammé.*

Stépan Trophimovitch vous a-t-il écrit cela textuellement ?

QUATRIÈME TABLEAU

PIERRE

Oui, voici la lettre. Elle est longue comme toutes ses lettres. Je ne les lis pas jusqu'au bout, il faut l'avouer. D'ailleurs, ça lui est égal, il les écrit surtout pour la postérité. Mais il n'y a rien de mal à ce qu'il dit.

VARVARA

Nicolas, est-ce Stépan Trophimovitch qui t'a informé de ce mariage ? Dans le même style, je suppose ?

STAVROGUINE

Il m'a écrit en effet, mais une lettre très noble.

VARVARA

C'est assez ! (*Elle se tourne vers Stépan Trophimovitch.*) Stépan Trophimovitch, j'attends de vous un grand service. J'attends de vous que vous sortiez et que vous ne vous présentiez plus jamais devant moi.

> *Stépan Trophimovitch va vers elle et s'incline avec dignité, puis va vers Dacha.*

STÉPAN

Pardonnez-moi, Dacha, pour tout ceci. Je vous remercie d'avoir accepté.

DACHA

Je vous pardonne, Stépan Trophimovitch. Je

ne ressens pour vous qu'affection et estime.
Vous, du moins, gardez-moi votre respect.

PIERRE, *se frappant le front.*

Mais je comprends ! Comment, c'est avec
Dacha ? Pardonnez-moi, Dacha. Je ne savais
pas. Si seulement mon père avait eu l'intelligence de me prévenir au lieu de faire des
phrases.

STÉPAN *le regarde.*

Est-il possible que tu n'aies rien su ! Est-il
possible que tu ne joues pas la comédie.

PIERRE

Eh bien, Varvara Stavroguine, vous voyez, ce
n'est pas seulement un vieil enfant, c'est aussi
un vieil enfant méchant. Comment aurais-je
compris ? Un péché, en Suisse ! Allez vous y
retrouver !

STAVROGUINE

Taisez-vous, Pierre, votre père a agi noble-
ment. Et vous, vous avez offensé Dacha, que
nous tous respectons ici.

*Chatov se lève et marche sur Stavro-
guine.*
*Celui-ci lui sourit mais cesse de sourire
lorsque Chatov est près de lui. Tout le
monde les regarde.*
*Silence, puis Chatov le gifle de toutes
ses forces. Varvara crie.*

QUATRIÈME TABLEAU

Stavroguine prend Chatov aux épaules puis le lâche et place ses mains derrière le dos. Chatov recule sous le regard de Stavroguine.

Stavroguine sourit, s'incline et sort.

LISA

Maurice, approchez, donnez-moi la main ! Regardez cet homme, c'est le meilleur. Maurice, devant tous, je vous le déclare, je consens à être votre femme !

MAURICE

En êtes-vous sûre, Lisa, en êtes-vous sûre ?

LISA, *regardant la porte par où Stavroguine est sorti, et le visage couvert de larmes.*

Oui, oui, j'en suis sûre !

Rideau

DEUXIÈME PARTIE

CINQUIÈME TABLEAU

CHEZ VARVARA STAVROGUINE

*Alexis Egorovitch tient sur son bras gauche un
manteau, une écharpe et un chapeau.
Devant lui, Stavroguine s'habille pour sortir.
Pierre Verkhovensky, l'air boudeur, se tient
près de la table.*

STAVROGUINE, *à Pierre.*

Et si vous me parlez à nouveau comme vous
venez de le faire, je vous ferai goûter de ma
canne.

PIERRE

Il n'y avait rien d'offensant dans ma proposition. Si vous songez réellement à épouser Lisa...

STAVROGUINE

... vous pouvez me débarrasser du seul obsta-
cle qui m'en sépare. Je le sais et je le dis à
votre place pour vous éviter ma canne. Mes
gants, Alexis.

ALEXIS

Il pleut, Monsieur. A quelle heure dois-je vous attendre ?

STAVROGUINE

A deux heures au plus tard.

ALEXIS

A vos ordres. (*Stavroguine prend sa canne et s'apprête à sortir par la petite porte.*) Que Dieu vous bénisse, Monsieur. Mais seulement si vous entreprenez une bonne action.

STAVROGUINE

Comment ?

ALEXIS

Que Dieu vous bénisse. Mais seulement si vous entreprenez une bonne action.

STAVROGUINE, *après un silence,*
et la main sur le bras d'Alexis.

Mon bon Alexis, je me souviens du temps où tu me portais dans tes bras.

Il sort.
Alexis sort par le fond.
Pierre Verkhovensky regarde autour de lui, puis va fouiller dans le tiroir d'un secrétaire. Il prend des lettres et les lit.
Entre Stépan Trophimovitch.
Pierre Verkhovensky cache les lettres.

112

CINQUIÈME TABLEAU

STÉPAN

Alexis Egorovitch m'a dit que tu étais là, mon fils.

PIERRE

Tiens, que fais-tu dans cette maison ? Je croyais qu'on t'en avait chassé ?

STÉPAN

Je suis venu chercher mes dernières affaires et je vais partir, sans espoir de retour et sans récrimination.

PIERRE

Allons, tu reviendras ! Un parasite est toujours un parasite.

STÉPAN

Dis-moi, mon ami, ne peux-tu me parler autrement ?

[PIERRE

Tu n'as cessé de dire qu'il fallait préférer la vérité à tout. La vérité est que tu faisais semblant d'aimer Varvara Pétrovna et qu'elle faisait semblant de ne pas voir que tu l'aimais. Pour prix de ces niaiseries, elle t'entretenait. Tu es donc un parasite. Je lui ai conseillé hier de te placer dans un hospice convenable.

STÉPAN

Tu lui as parlé de moi ?

Pierre

Oui. Elle m'a dit qu'elle aurait demain une conversation avec toi, pour tout régler. La vérité est qu'elle veut encore voir tes grimaces. Elle m'a montré tes lettres. Que j'ai ri, mon Dieu, que j'ai ri !

Stépan

Tu as ri ? Quel cœur as-tu ?] Sais-tu ce qu'est un père ?

Pierre

Tu m'as appris ce que c'était. Tu ne m'as donné ni à boire ni à manger. J'étais à la mamelle encore et tu m'as expédié à Berlin par la voiture de poste. Comme un colis.

Stépan

Malheureux ! Bien que je t'aie expédié par la poste, mon cœur n'a pas cessé de saigner !

Pierre

Des phrases !

Stépan

Es-tu ou non mon fils, monstre ?

Pierre

Tu dois le savoir mieux que moi. Il est vrai que les pères sont enclins à se faire des illusions à ce sujet.

Stépan

Vas-tu te taire ?

PIERRE

Non. Et ne pleurniche pas. Tu es une vieille femme civique, larmoyante et pleurnicheuse. D'ailleurs, toute la Russie pleurniche. Heureusement, nous allons changer cela.

STÉPAN

Qui, nous ?

PIERRE

Nous autres, les hommes normaux. Nous allons refaire le monde. Nous sommes les sauveurs.

STÉPAN

Est-il possible que tel que tu es, tu prétendes t'offrir aux hommes à la place du Christ ? Mais regarde-toi donc !

PIERRE

Ne crie pas. Nous détruirons tout. Nous ne laisserons pas pierre sur pierre et nous recommencerons. Alors, ce sera l'égalité. Tu l'as prêchée, n'est-ce pas ? Eh bien, tu l'auras ! Et je parie que tu ne la reconnaîtras pas.

STÉPAN

Je ne la reconnaîtrai pas si elle te ressemble. Non, ce n'est pas à des choses pareilles que nous aspirions, nous autres ! Je ne comprends plus rien. J'ai cessé de comprendre.

Pierre

Tout ça, ce sont tes vieux nerfs malades. Vous faisiez des discours. Nous, nous passons à l'action. De quoi te plains-tu, vieil écervelé ?

Stépan

Comment peux-tu être si insensible ?

Pierre

J'ai suivi tes leçons. Il fallait, selon toi, être dur avec l'injustice, convaincu de ses droits, aller de l'avant, vers l'avenir ! Bon, nous y allons et nous frapperons. Dent pour dent, comme dans l'Evangile !

Stépan

Malheureux, ce n'est pas dans l'Evangile !

Pierre

Au diable ! Je n'ai jamais lu ce satané bouquin. Ni aucun bouquin, d'ailleurs. A quoi ça sert ? Ce qui compte, c'est le progrès.

Stépan

Mais non, fou que tu es ! Shakespeare et Hugo n'empêchent pas le progrès. Au contraire, au contraire, je t'assure !

Pierre

Ne t'excite pas ! Hugo est une vieille fesse et rien de plus. Quant à Shakespeare, nos paysans qui vont aux prés n'en ont pas besoin. Ils ont besoin de bottes, voilà tout. On leur en donnera, tout de suite après avoir tout détruit.

STÉPAN, *qui essaie d'être ironique.*

Et c'est pour quand ?

PIERRE

En mai. En juin, tous fabriqueront des chaussures. (*Stépan Trophimovitch s'assied, accablé.*) Sois content, vieux, tes idées vont être réalisées.

STÉPAN

Ce ne sont pas mes idées. Tu veux tout détruire, tu ne veux pas laisser pierre sur pierre. Moi, je voulais que tout le monde s'aime.

PIERRE

Pas besoin de s'aimer ! Il y aura la science.

STÉPAN

Mais ce sera ennuyeux.

PIERRE

Pourquoi l'ennui ? C'est une idée aristocratique. Ceux qui sont égaux ne s'ennuient pas. Ils ne s'amusent pas non plus. Tout est égal. Quand nous aurons la justice plus la science, alors plus d'amour et plus d'ennui. On oubliera.

Stépan

Jamais aucun homme n'acceptera d'oublier son amour.

Pierre

Encore des phrases. Souviens-toi, vieux, tu as oublié, tu t'es marié trois fois.

Stépan

Deux fois. Et après un long intervalle.

Pierre

Long ou court, on oublie. Par conséquent, plus vite on oublie, mieux c'est. Ah ! et puis tu m'embêtes à ne jamais savoir ce que tu veux. Moi, je le sais. Il faut couper la moitié des têtes. Ceux qui restent, on les fera boire.

Stépan

Il est plus facile de couper des têtes que d'avoir des idées.

Pierre

Quelles idées ? Les idées sont des sornettes. Et pour avoir la justice, il faut supprimer les sornettes. Les sornettes, c'était bon pour vous, pour les vieilles lunes comme toi. Il faut choisir. Si tu crois en Dieu, tu es obligé de dire des sornettes. Si tu n'y crois pas et que tu te refuses à conclure qu'il faut tout raser, alors tu diras encore des sornettes. Voilà où vous en êtes tous

et donc vous ne pouvez pas vous empêcher de
dire des sornettes. Moi, je dis qu'il faut agir.
Je détruirai tout et d'autres bâtiront. Pas de
réforme. Pas d'amélioration. Plus on améliore
et on réforme et pire c'est. Plus vite on commence à détruire et mieux c'est. Détruire
d'abord. Ensuite, ce n'est plus notre affaire.
Le reste est sornettes, sornettes, sornettes.

STÉPAN, *sortant affolé.*

Il est fou, il est fou...

Pierre Verkhovensky rit sans fin.

Noir

LE NARRATEUR

Allons, bon ! J'ai oublié de vous informer de
deux faits. Le premier est que les Lebiadkine
avaient mystérieusement déménagé pendant la
claustration de Stavroguine et s'étaient installés
dans une petite maison de banlieue. Le second
est qu'un forçat assassin s'était évadé et rôdait
parmi nous. Les gens riches, en conséquence, ne
sortaient pas la nuit.

La rue.
Stavroguine marche dans la nuit. Il ne
voit pas que Fedka le suit.

SIXIÈME TABLEAU

*La salle commune de la maison Phili-
pov, rue de l'Epiphanie.*
*Kirilov est accroupi pour ramasser une
balle qui a roulé sous un meuble. Pendant
qu'il est dans cette position, Stavroguine
ouvre la porte.*
*Kirilov, la balle à la main, se relève en
le voyant.*

STAVROGUINE

Vous jouez à la balle ?

KIRILOV

Je l'ai achetée à Hambourg pour la lancer
et la rattraper : cela fortifie le dos. Et puis je
joue aussi avec l'enfant de la logeuse.

STAVROGUINE

Vous aimez les enfants ?

KIRILOV

Oui.

120

SIXIÈME TABLEAU

STAVROGUINE

Pourquoi ?

KIRILOV

J'aime la vie. Voulez-vous du thé ?

STAVROGUINE

Oui.

KIRILOV

Asseyez-vous. Que voulez-vous de moi ?

STAVROGUINE

Un service. Lisez cette lettre. C'est un défi du fils de Gaganov, dont j'ai naguère mordu l'oreille. (*Kirilov la lit puis la pose sur la table et regarde Stavroguine.*) [Oui, il m'a écrit plusieurs fois déjà pour m'injurier. Au début, je lui ai répondu pour l'assurer que s'il souffrait encore de l'offense que j'avais faite à son père, j'étais prêt à lui présenter toutes mes excuses, d'autant plus que mon acte n'avait pas été prémédité et que j'étais malade à cette époque. Au lieu de l'apaiser, il a semblé encore plus irrité, si j'en crois les propos qu'il a tenus sur mon compte. Aujourd'hui, on me remet cette lettre.] Avez-vous lu comment il me traite à la fin ?

KIRILOV

Oui, de « gueule à gifles ».

STAVROGUINE

De gueule à gifles, c'est cela. Il faut donc se

121

battre, bien que je ne le veuille pas. Je suis venu vous demander d'être mon témoin.

KIRILOV

J'irai. Que faut-il dire ?

STAVROGUINE

Renouvelez d'abord mes excuses pour l'offense faite à son père. Dites que je suis prêt à oublier ses injures à condition qu'il ne m'écrive plus de lettres de ce genre, surtout avec des expressions si vulgaires.

KIRILOV

Il n'acceptera pas. Vous voyez bien qu'il veut se battre et vous tuer.

STAVROGUINE

Je le sais.

KIRILOV

Bon. Dites vos conditions pour le duel.

STAVROGUINE

Je veux que tout soit terminé pour demain. Allez le voir demain matin, à neuf heures. Nous pouvons être sur le terrain vers deux heures. [L'arme sera le pistolet. Les barrières seront à dix mètres l'une de l'autre. Nous serons placés chacun à dix pas de chaque barrière. Au signal, nous marcherons l'un vers l'autre. Chacun peut tirer en marche. On tirera trois balles. C'est tout.

KIRILOV

Dix pas entre les barrières, c'est peu.

STAVROGUINE

Douze, si vous voulez. Mais pas davantage.] Avez-vous des pistolets ?

KIRILOV

Oui. Voulez-vous les voir ?

STAVROGUINE

Certainement.

Kirilov s'accroupit devant une valise et en tire une boîte de pistolets qu'il place sur la table devant Stavroguine.

KIRILOV

J'ai encore un revolver que j'ai acheté en Amérique.

Il le lui montre.

STAVROGUINE

Vous avez beaucoup d'armes. Et des armes très belles.

KIRILOV

C'est ma seule richesse.

Stavroguine le regarde, puis referme

lentement la boîte sans cesser de le regarder.

STAVROGUINE, *avec hésitation.*

Vous êtes toujours dans les mêmes dispositions ?

KIRILOV, *immédiatement et avec naturel.*

Oui.

STAVROGUINE

Je veux dire pour le suicide.

KIRILOV

J'avais compris. Oui, je suis dans les mêmes dispositions.

STAVROGUINE

Ah ! Et c'est pour quand ?

KIRILOV

Bientôt.

STAVROGUINE

Vous paraissez très heureux.

KIRILOV

Je le suis.

STAVROGUINE

Je comprends cela. J'y ai pensé parfois. Supposez qu'on ait commis un crime, ou plutôt une action particulièrement lâche, honteuse. Eh bien, une balle dans la tête et plus rien n'existe ! Qu'importe alors la honte !

KIRILOV

Ce n'est pas pour cela que je suis heureux.

STAVROGUINE

Pourquoi ?

KIRILOV

Avez-vous vu une feuille d'arbre ?

STAVROGUINE

Oui.

KIRILOV

Verte, brillante, avec ses nervures, sous le soleil ? N'est-ce pas bien ? Oui, une feuille justifie tout. Les êtres, la mort, la naissance, toutes les actions, tout est bon.

STAVROGUINE

Et même si...

Il s'arrête.

KIRILOV

Eh bien ?

STAVROGUINE

Si l'on fait du mal à un de ces enfants que vous aimez, à une petite fille, par exemple, si on la déshonore, est-ce bien aussi ?

KIRILOV *le regarde en silence.*

L'avez-vous fait ? (*Stavroguine se tait et secoue bizarrement la tête.*) Si l'on fait ce mal, cela est bien aussi. Et si quelqu'un fend le crâne de celui qui a déshonoré l'enfant ou si, au contraire, on lui pardonne, tout cela est heureux. Quand nous savons cela, pour toujours alors nous sommes heureux.

STAVROGUINE

Quand avez-vous découvert que vous étiez heureux ?

KIRILOV

Mercredi dernier. Dans la nuit. A deux heures trente-cinq.

Stavroguine se lève brusquement.

STAVROGUINE

Est-ce vous qui avez allumé la veilleuse devant l'icône ?

KIRILOV

C'est moi.

[STAVROGUINE

Vous priez ?

KIRILOV

Constamment. Vous voyez cette araignée. Je la contemple et je lui suis reconnaissant de ce qu'elle grimpe. C'est ma manière de prier.

SIXIÈME TABLEAU

STAVROGUINE

Vous croyez à la vie future ?

KIRILOV

Non pas à la vie future éternelle. Mais à la vie éternelle ici même.

STAVROGUINE

Ici même ?

KIRILOV

Oui. Certains instants. Une joie qui, si elle durait plus de cinq secondes, on mourrait.]

> *Stavroguine le regarde avec une sorte de dépit.*

STAVROGUINE

Et vous prétendez ne pas croire en Dieu !

KIRILOV, *simplement.*

Stavroguine, je vous en prie, ne me parlez pas avec ironie. Rappelez-vous ce que vous avez été pour moi, le rôle que vous avez joué dans ma vie.

STAVROGUINE

Il est tard. Soyez exact demain matin chez Gaganov. Souvenez-vous : à neuf heures.

KIRILOV

Je suis exact. Je peux me réveiller quand je

veux. Je me couche, je me dis : à sept heures,
et je m'éveille à sept heures.

STAVROGUINE

C'est là une faculté très précieuse.

KIRILOV

Oui.

STAVROGUINE

Allez dormir. Mais auparavant dites à Chatov
que je veux le voir.

KIRILOV

Attendez. (*Il prend un bâton dans un coin et
frappe sur la paroi latérale.*) Voilà, il va venir.
Mais vous, ne dormirez-vous pas ? Vous vous
battez demain.

STAVROGUINE

Même lorsque je suis fatigué, ma main ne
tremble pas.

KIRILOV

C'est une faculté précieuse. Bonsoir.

*Chatov s'est encadré dans la porte du
fond.*
*Kirilov lui sourit et sort par la porte
de côté.*
*Chatov regarde Stavroguine puis entre
lentement.*

SIXIÈME TABLEAU

CHATOV

Comme vous m'avez tourmenté ! Pourquoi tardiez-vous à venir ?

STAVROGUINE

Etiez-vous si sûr que je viendrais ?

CHATOV

Je ne pouvais pas m'imaginer que vous m'abandonniez. Je ne peux pas me passer de vous. Souvenez-vous du rôle que vous avez joué dans ma vie.

STAVROGUINE

Alors pourquoi m'avez-vous frappé ? (*Chatov se tait.*) Est-ce à cause de ma liaison avec votre femme ?

CHATOV

Non.

STAVROGUINE

A cause des bruits qu'on a fait courir sur votre sœur et moi ?

CHATOV

Je ne crois pas.

STAVROGUINE

Bon. Peu importe d'ailleurs. Comme je ne sais où je serai demain soir, je suis venu seule-

9

ment pour vous donner un avertissement et vous demander un service. Voici l'avertissement : vous risquez d'être assassiné.

CHATOV

Assassiné ?

STAVROGUINE

Par le groupe de Pierre Verkhovensky.

[CHATOV

Je le savais. Mais comment l'avez-vous appris ?

STAVROGUINE

Je fais partie de leur groupe. Comme vous.

CHATOV

Vous, Stavroguine, vous êtes membre de leur société, vous vous êtes embarqué dans la compagnie de ces valets vaniteux et imbéciles ? Comment avez-vous pu ? Est-ce là un exploit digne de Nicolas Stavroguine ?

STAVROGUINE

Pardonnez-moi, mais vous devriez perdre l'habitude de me considérer comme le tsar de toutes les Russies, auprès duquel vous ne seriez qu'une poussière.

CHATOV

Ah ! Cessez de me parler sur ce ton ! Vous

savez très bien que ce sont des coquins et
des valets et que vous n'avez rien à faire
parmi eux !

STAVROGUINE

Incontestablement, ce sont des coquins. Mais
qu'est-ce que cela fait ? A vrai dire, je ne fais
pas tout à fait partie de leur société. S'il m'est
arrivé de les aider, c'est en amateur et parce
que je n'avais rien de mieux à faire.

CHATOV

Fait-on de pareilles choses en amateur ?

STAVROGUINE

Il arrive qu'on se marie en amateur, qu'on
ait des enfants et qu'on commette des crimes,
en amateur ! Mais à propos de crime, c'est vous
qui risquez d'être tué. Non moi. Du moins par
eux.]

CHATOV

Ils n'ont rien à me reprocher. Je suis entré
dans leur organisation. Puis je suis allé en
Amérique et là-bas mes idées ont changé. Je le
leur ai dit à mon retour. Je leur ai déclaré
honnêtement que nous étions en désaccord sur
tous les points. C'est mon droit, le droit de
ma conscience, de ma pensée... Je n'admettrai
pas...

STAVROGUINE

Ne criez pas. (*Kirilov entre, vient reprendre*

la boîte de pistolets et sort.) Verkhovensky n'hésitera pas à vous supprimer s'il imagine que vous risquez de compromettre leur organisation.

CHATOV

Ils me font bien rire. Leur organisation n'existe même pas.

STAVROGUINE

Je suppose en effet que tout se passe dans la tête du seul Verkhovensky. [Les autres croient qu'il est le délégué d'une organisation internationale et c'est pourquoi ils le suivent. Mais lui a le talent de le leur faire croire. C'est ainsi qu'on fait un groupe. Simplement, à partir de ce groupe, il fera peut-être un jour l'organisation internationale.]

CHATOV

Cette punaise, cet ignorant, cet imbécile qui ne comprend rien à la Russie !

STAVROGUINE

Il est vrai que ces gens-là ne comprennent rien à la Russie. Mais, en somme, ils ne la comprennent qu'un tout petit peu moins que nous. Du reste, même un imbécile peut très bien tirer un coup de revolver. Et c'est pourquoi je suis venu vous avertir.

Chatov

Je vous en remercie. Et je vous remercie de le faire après avoir été frappé par moi.

Stavroguine

Mais non. Je rends le bien pour le mal. (*Il rit.*) Soyez content, je suis chrétien. Enfin, je le serais si je croyais en Dieu. Mais voilà, (*Il se lève.*) le lièvre manque.

Chatov

Le lièvre ?

Stavroguine

Oui, pour faire un civet, il faut un lièvre. Pour croire en Dieu, il faut un Dieu.

> *Il rit encore, mais froidement.*

Chatov, *dans une grande agitation.*

Ne blasphémez pas ainsi ! Ne riez pas ! Et puis quittez ce ton, prenez un ton humain. Parlez humainement, ne fût-ce qu'une fois dans votre vie ! Et souvenez-vous de ce que vous me disiez avant mon départ en Amérique.

Stavroguine

Je ne m'en souviens pas.

Chatov

Je vais vous le dire. Il est temps que quelqu'un vous dise vos vérités, vous frappe au

besoin, vous rappelle enfin ce que vous êtes.
Vous souvenez-vous du temps où vous me
disiez que le peuple russe était le seul qui sauverait l'univers au nom d'un dieu nouveau ?
Vous souvenez-vous de vos paroles : « Un athée
ne saurait être un Russe » ? Vous ne disiez pas
alors que le lièvre n'existe pas.

STAVROGUINE

Je crois me souvenir en effet de nos entretiens.

CHATOV

Au diable les entretiens ! [Il n'y avait pas
d'entretiens ! Il y avait un maître qui procla-
mait des choses immenses et un disciple qui
ressuscitait d'entre les morts. Le disciple, c'était
moi et vous étiez le maître.

STAVROGUINE

Des choses immenses, vraiment ?

CHATOV

Oui, vraiment.] N'est-ce pas vous qui m'avez
dit que si l'on vous prouvait mathématiquement
que la vérité est en dehors du Christ, vous
aimeriez mieux être avec le Christ qu'avec la
vérité ? [N'est-ce pas vous qui disiez que la
force aveugle de vie qui jette un peuple à la
recherche de son dieu est plus grande que la
raison et que la science, que c'est elle, et elle
seule, qui détermine le bien et le mal, et qu'il
faut donc que le peuple russe, pour marcher à

la tête de l'humanité, marche derrière son
Christ...] Je vous ai cru, la semence a germé
en moi et...

STAVROGUINE

Je m'en réjouis pour vous.

CHATOV

Quittez ce ton, quittez-le tout de suite ou je...
Oui, vous m'avez dit tout cela ! Et pendant le
même temps, vous disiez le contraire à Kirilov,
que me l'a révélé en Amérique. Vous versiez
le mensonge et la négation dans son cœur, vous
précipitiez sa raison dans la folie. L'avez-vous
vu, avez-vous contemplé votre œuvre ?

STAVROGUINE

Je vous ferai remarquer que Kirilov lui-
même vient de me dire qu'il est parfaitement
heureux.

CHATOV

Ce n'est pas cela que je vous demande. Comment pouviez-vous lui dire une chose et à
moi une autre ?

STAVROGUINE

J'essayais sans doute, dans les deux cas, de
me persuader moi-même.

CHATOV, *avec désespoir.*

Et maintenant vous êtes athée, vous ne croyez plus à ce que vous m'avez enseigné ?

STAVROGUINE

Et vous ?

CHATOV

Je crois à la Russie, à son orthodoxie, au corps du Christ... Je crois que le second avènement aura lieu en Russie. Je crois...

STAVROGUINE

Et en Dieu ?

CHATOV

Je... je croirai en Dieu.

STAVROGUINE

Voilà. Vous n'y croyez pas. D'ailleurs peut-on être intelligent et croire ? C'est impossible.

CHATOV

Non, je n'ai pas dit que je n'y croyais pas. Nous sommes tous morts ou à demi morts et incapables de croire. Mais il faut que des hommes se lèvent, et vous d'abord que j'admire. Je suis le seul à connaître votre intelligence, votre génie, l'étendue de votre culture, de vos conceptions. Dans le monde, à chaque génération il n'y a qu'une poignée d'hommes supérieurs, deux ou trois. Vous êtes l'un d'eux. Vous êtes le seul, oui, le seul qui puissiez lever l'étendard.

STAVROGUINE

Je remarque que tout le monde en ce moment veut me mettre un étendard dans les mains. Verkhovensky aussi voudrait que je tienne leur étendard. Mais lui, c'est parce qu'il admire ce qu'il appelle mon « extraordinaire aptitude au crime ». Comment m'y retrouver ?

CHATOV

Je sais que vous êtes aussi un monstre. Qu'on vous a entendu affirmer que vous ne voyiez aucune différence entre n'importe quelle farce bestialement sensuelle et un grand acte de sacrifice. [On dit même que vous avez appartenu à Saint-Pétersbourg à une société secrète qui se livrait à de dégoûtantes débauches.] On dit, on dit aussi, mais cela je ne veux pas le croire, que vous attiriez des enfants chez vous pour les souiller... (*Stavroguine se lève brusquement.*) Répondez. Dites la vérité. Nicolas Stavroguine ne peut pas mentir devant Chatov qui l'a frappé au visage. Avez-vous fait cela ? Si vous l'aviez fait, vous ne pourriez plus porter l'étendard et je comprendrais votre désespoir et votre impuissance.

STAVROGUINE

Assez. Ces questions sont inconvenantes. (*Il le regarde.*) Qu'importe, d'ailleurs ? Moi, je ne

m'intéresse qu'à des questions plus banales.
Par exemple : faut-il vivre ou faut-il se détruire ?

CHATOV

Comme Kirilov ?

STAVROGUINE, *avec une sorte de tristesse.*

Comme Kirilov. Mais lui ira jusqu'au bout.
C'est un Christ.

CHATOV

Et vous, seriez-vous capable de vous détruire ?

STAVROGUINE, *douloureusement.*

Il le faudrait ! Il le faudrait ! Mais j'ai peur
d'être trop lâche. Peut-être le ferai-je demain.
Peut-être jamais. C'est la question, la seule
question que je me pose.

CHATOV *se jette sur lui et le saisit par l'épaule.*

C'est cela que vous cherchez. Vous cherchez
le châtiment. Baisez la terre, abreuvez-la de
vos larmes, implorez miséricorde !

STAVROGUINE

Laissez-moi, Chatov. (*Il le tient à distance,
et avec une expression de souffrance :*) Souvenez-vous : j'aurais pu vous tuer l'autre jour

et j'ai croisé les mains derrière mon dos. Alors,
ne me persécutez pas.

CHATOV, *se rejetant en arrière.*

Ah ! Pourquoi suis-je condamné à croire en
vous et à vous aimer ? Je ne puis vous arracher de mon cœur, Nicolas Stavroguine. Je
baiserai la trace de vos pieds quand vous serez
sorti.

STAVROGUINE, *même jeu.*

Je suis malheureux de vous le dire, mais je
ne puis vous aimer, Chatov.

CHATOV

Je le sais. Vous ne pouvez aimer personne,
puisque vous êtes un homme sans racines et
sans foi. [Seuls, les hommes qui ont une racine
dans une terre peuvent aimer, et croire, et cons-
truire. Les autres détruisent. Et vous, vous
détruisez tout sans le vouloir et vous êtes même
fasciné par les imbéciles comme Verkhovensky
qui veulent détruire par confort, seulement
parce qu'il est plus facile de détruire que de
ne pas détruire.] Mais je vous remettrai sur
votre ancien chemin. Vous trouverez la paix et,
moi, je ne serai plus seul avec ce que vous
m'avez appris.

STAVROGUINE, *qui s'est ressaisi.*

Je vous remercie de vos bonnes intentions.
Mais en attendant que vous puissiez m'aider à

trouver le lièvre, vous pourriez me rendre le service plus modeste que je suis venu vous demander.

CHATOV

Lequel ?

STAVROGUINE

S'il m'arrivait de disparaître, d'une façon ou de l'autre, je voudrais que vous veilliez sur ma femme.

CHATOV

Votre femme ? Vous êtes marié ?

STAVROGUINE

Oui, avec Maria Timopheievna. [Je sais que vous avez beaucoup d'influence sur elle. Vous êtes le seul qui puissiez...]

CHATOV

Il est donc vrai que vous l'avez épousée ?

STAVROGUINE

Il y a quatre ans de cela. A Pétersbourg.

CHATOV

Vous a-t-on forcé à l'épouser ?

STAVROGUINE

Forcé ? Non.

SIXIÈME TABLEAU

CHATOV

Avez-vous un enfant d'elle ?

STAVROGUINE

Elle n'a jamais eu d'enfant et ne pouvait en avoir. Maria Timopheievna est restée vierge. Mais je vous prie seulement de veiller sur elle.

> *Chatov le regarde partir, stupéfait.*
> *Puis il court vers lui.*

CHATOV

Ah ! je comprends. Je vous connais. Je vous connais. Vous l'avez épousée pour vous châtier d'une faute affreuse. (*Stavroguine a un geste d'impatience.*) Ecoutez, écoutez, allez voir Tikhone.

STAVROGUINE

Qui est Tikhone ?

CHATOV

Un ancien évêque qui s'est retiré ici au monastère de Saint-Euthyme. Il vous aidera.

STAVROGUINE *le regarde.*

Qui pourrait m'aider en ce monde ? Même pas vous, Chatov. Et je ne vous demanderai plus rien. Bonsoir.

Noir

SEPTIÈME TABLEAU

Un pont de bateau.
Stavroguine marche dans une autre direction
sous la pluie, ayant ouvert son parapluie.
Fedka surgit derrière lui.

FEDKA

Est-ce que je pourrais, Monsieur, profiter de
votre parapluie ?

> *Stavroguine s'arrête. La scène a lieu*
> *sous le parapluie, les yeux dans les yeux.*

STAVROGUINE

Qui es-tu ?

FEDKA

Moi, rien d'important. Mais vous, vous êtes
Monsieur Stavroguine, un seigneur !

STAVROGUINE

Tu es Fedka le forçat !

FEDKA

Je ne suis plus forçat. J'étais condamné à

perpétuité, c'est vrai. Mais j'ai trouvé le temps long et j'ai changé d'occupation.

STAVROGUINE

Que fais-tu ici ?

FEDKA

Rien. J'ai besoin d'un passeport. En Russie, on ne peut faire un pas sans passeport. Heureusement un homme que vous connaissez, Pierre Verkhovensky, m'en a promis un. En attendant, je vous guettais, dans l'espoir que votre grâce me donnerait trois roubles.

STAVROGUINE

Qui t'a donné l'ordre de me guetter ?

FEDKA

Personne, personne ! Quoique Pierre Verkhovensky m'ait dit comme ça que, peut-être, par mes talents, je pourrais rendre service à votre grâce, dans certaines circonstances, en vous débarrassant de certains gêneurs. Comme il m'a dit aussi que vous passeriez par ce pont pour aller visiter certaines personnes de l'autre côté de la rivière, voilà trois nuits que je vous attends. Vous voyez que je mérite mes trois roubles.

STAVROGUINE

Bon. Ecoute. J'aime être compris. Tu n'auras pas un kopeck de moi et je n'ai ni n'aurai jamais besoin de toi. Si jamais je te retrouve sur mon chemin, sur ce pont ou ailleurs, je te ligote et je te livre à la police.

FEDKA

Oui, mais moi j'ai besoin de vous.

STAVROGUINE

File ou je frappe.

FEDKA

Considérez, Monsieur, que je suis un pauvre orphelin sans défense, et qu'il pleut !

STAVROGUINE

Je t'en donne ma parole d'honneur, si je te retrouve, je te ligote.

FEDKA

Je vous attendrai quand même. On ne sait jamais !

Il disparaît. Stavroguine regarde dans sa direction puis reprend sa marche.

Noir

HUITIÈME TABLEAU

LA MAISON DES LEBIADKINE

Stavroguine est déjà dans la pièce. Lebiadkine le débarrasse de son parapluie.

LEBIADKINE

Quel temps affreux ! Oh ! vous êtes mouillé. (*Il avance un fauteuil.*) S'il vous plaît, s'il vous plaît. (*Il se redresse.*) Ah ! vous regardez cette pièce. Vous voyez, je vis comme un moine. L'abstinence, la solitude, la pauvreté, selon les trois vœux des anciens chevaliers.

STAVROGUINE

Vous croyez que les anciens chevaliers prononçaient des vœux de ce genre ?

LEBIADKINE

Je ne sais pas. Je confonds peut-être.

STAVROGUINE

Vous confondez certainement. J'espère que vous n'avez pas bu.

LEBIADKINE

A peine.

STAVROGUINE

Je vous avais prévenu de ne pas vous enivrer.

LEBIADKINE

Oui. Etrange exigence !

STAVROGUINE

Où est Maria Timopheievna ?

LEBIADKINE

A côté.

STAVROGUINE

Elle dort ?

LEBIADKINE

Oh ! non, elle consulte les cartes. Elle vous attend. Dès qu'elle a su la nouvelle, elle a fait toilette.

STAVROGUINE

Je la verrai tout à l'heure. Auparavant, j'ai quelque chose à régler avec vous !

LEBIADKINE

Je l'espère. Tant de choses se sont accumulées dans mon cœur. Je voudrais pouvoir vous parler librement, comme au temps jadis. Ah ! vous avez joué un si grand rôle dans ma vie. Et maintenant, on me traite si cruellement.

STAVROGUINE

Je vois, capitaine, que vous n'avez nullement changé depuis quatre ans. (*Il le regarde en silence.*) [Ils sont donc dans le vrai ceux qui prétendent que la seconde moitié de la vie humaine est déterminée par les habitudes acquises au cours de la première.

LEBIADKINE

Oh ! les paroles sublimes ! Allons, c'est dit, l'énigme de la vie est résolue ! Et cependant,] au contraire, au contraire, je suis en train de changer de peau comme un serpent. J'ai d'ailleurs écrit mon testament.

STAVROGUINE

Curieux. Pour léguer quoi et à qui ?

LEBIADKINE

Je veux léguer mon squelette aux étudiants.

[STAVROGUINE

Vous en espérez une récompense de votre vivant ?

LEBIADKINE

Et pourquoi pas ? Voyez-vous, j'ai lu dans

les journaux la biographie d'un Américain. Il a
légué son immense fortune à des fondations
scientifiques, son squelette aux étudiants de
l'Académie du lieu, et sa peau pour en faire
un tambour sur lequel on battrait nuit et jour
l'hymne national américain. Mais, hélas, nous
ne sommes que des pygmées en comparaison
des Américains et de l'audace de leur pensée.
Si j'essayais d'en faire autant, on m'accuserait
d'être un socialiste et on confisquerait ma
peau. Aussi, j'ai dû me contenter des étudiants.
Je veux leur léguer mon squelette, mais à
condition que l'on colle sur mon crâne une
étiquette avec cette mention : « Un libre penseur repenti. »]

STAVROGUINE

Vous saviez donc que vous êtes en danger de
mort.

LEBIADKINE, *sursautant.*

Moi, mais non, que voulez-vous dire ? En
voilà une plaisanterie !

STAVROGUINE

N'avez-vous pas écrit une lettre au gouverneur pour dénoncer le groupe de Verkhovensky
dont vous faites pourtant partie ?

LEBIADKINE

Je ne fais pas partie de leur groupe. J'ai
accepté de répandre des proclamations, mais

pour rendre service en quelque sorte. J'ai écrit
au gouverneur pour expliquer quelque chose
de ce genre. Mais si Verkhovensky croit vraiment... Oh ! Je veux aller à Saint-Pétersbourg.
C'est pour cela d'ailleurs, mon cher bienfaiteur, que je vous attendais. J'ai besoin d'argent
pour aller là-bas.

STAVROGUINE

Vous n'aurez rien de moi. Je vous ai déjà
trop donné.

LEBIADKINE

C'est vrai. Mais moi, j'ai accepté la honte.

STAVROGUINE

Quelle honte y a-t-il dans le fait que votre
sœur soit mon épouse légitime ?

LEBIADKINE

Mais le mariage est tenu secret ! Il est tenu
secret, il y a là un mystère fatal ! Je reçois de
vous de l'argent, bon, c'est normal ! Mais on
me demande : « Pourquoi recevez-vous cet
argent ? » Je suis lié par ma parole et ne
puis répondre, faisant ainsi tort à ma sœur et
à l'honneur de ma famille.

STAVROGUINE

Je suis venu vous dire que je vais réparer
cet outrage fait à votre noble famille. Demain,

sans doute, j'annoncerai notre mariage officiellement. La question du déshonneur familial sera donc réglée. Et aussi, naturellement, celle des subsides que je n'aurai plus à vous verser.

LEBIADKINE, *affolé.*

Mais ce n'est pas possible. Vous ne pouvez rendre ce mariage public. Elle est à moitié folle.

STAVROGUINE

Je prendrai mes dispositions.

LEBIADKINE

Que dira votre mère ? Il vous faudra introduire votre femme dans votre maison.

STAVROGUINE

Cela ne vous regarde pas.

LEBIADKINE

Mais moi, que vais-je devenir ? Vous me rejetez comme une vieille botte éculée.

STAVROGUINE

Oui. Comme une vieille botte. C'est le mot. Appelez maintenant Maria Timopheievna.

Lebiadkine sort et ramène Maria Timopheievna qui reste au milieu de la salle.

HUITIÈME TABLEAU

STAVROGUINE, *à Lebiadkine.*

Sortez maintenant. Non, pas par là. Vous écouteriez. Dehors.

LEBIADKINE

Mais il pleut.

STAVROGUINE

Prenez mon parapluie.

LEBIADKINE, *égaré.*

Votre parapluie, vraiment, suis-je digne de cet honneur ?

STAVROGUINE

Tout homme est digne d'un parapluie.

LEBIADKINE

Oui, oui, certainement, cela fait partie des droits de l'homme !

Il sort.

MARIA TIMOPHEIEVNA

Puis-je embrasser votre main ?

STAVROGUINE

Non. Pas encore.

MARIA TIMOPHEIEVNA

Bien. Asseyez-vous dans la lumière pour que je vous regarde.

Stavroguine, pour gagner le fauteuil, marche sur elle.
Elle recule, le bras levé comme pour se protéger, une expression d'épouvante sur le visage.
Stavroguine s'arrête.

STAVROGUINE

Je vous ai effrayée. Pardonnez-moi.

MARIA TIMOPHEIEVNA

Ce n'est rien. Non, je me suis trompée.

Stavroguine s'assied dans la lumière.
Maria Timopheievna pousse un cri.

STAVROGUINE, *avec un peu d'impatience.*

Qu'y a-t-il ?

MARIA TIMOPHEIEVNA

Rien. Je ne vous reconnaissais pas, tout d'un coup. Il me semblait que vous étiez un autre. Qu'avez-vous dans la main ?

STAVROGUINE

Quelle main ?

MARIA TIMOPHEIEVNA

La droite. C'est un couteau !

STAVROGUINE

Voyez, ma main est vide.

HUITIÈME TABLEAU

MARIA TIMOPHEIEVNA

Oui. Oui. Cette nuit, j'ai vu en rêve un homme qui ressemblait à mon prince et qui n'était pas lui. Il avançait vers moi avec un couteau. Ah ! (*Elle crie.*) Etes-vous le meurtrier de mon rêve ou mon prince ?

STAVROGUINE

Vous ne rêvez pas. Calmez-vous.

MARIA TIMOPHEIEVNA

Si vous êtes mon prince, pourquoi ne m'embrassez-vous pas ? C'est vrai qu'il ne m'a jamais embrassée. Mais il était tendre. Je ne sens rien de tendre qui me vienne de vous. Quelque chose s'agite en vous au contraire qui me menace. Lui m'appelait sa colombe. Il m'a donné une bague. « Regarde-la le soir et je te rejoindrai dans ton sommeil. »

STAVROGUINE

Où est la bague ?

MARIA TIMOPHEIEVNA

Mon frère l'a bue. Et maintenant je suis seule la nuit. Toutes les nuits...

Elle pleure.

STAVROGUINE

Ne pleurez pas, Maria Timopheievna. Désormais, nous allons vivre ensemble.

Elle le regarde intensément.

MARIA TIMOPHEIEVNA

Oui, votre voix est douce maintenant. Et je me souviens. Je sais pourquoi vous me dites que nous vivrons ensemble. L'autre jour, vous m'avez dit dans la calèche que notre mariage serait publié. Mais j'ai peur de cela aussi.

STAVROGUINE

Pourquoi ?

MARIA TIMOPHEIEVNA

Je ne saurai pas recevoir. Je ne vous conviens pas du tout. Je sais, il y a des laquais. Mais j'ai vu vos parentes, là-bas, dans votre maison. C'est à elles surtout que je ne conviens pas.

STAVROGUINE

Vous ont-elles blessée ?

MARIA TIMOPHEIEVNA

Blessée ? Pas du tout. Je vous regardais tous. Vous étiez là à vous fâcher, à vous chamailler. Vous ne savez même pas rire de bon cœur lorsque vous êtes ensemble. Tant de richesses et si peu de gaieté ! C'est affreux. Non, je n'étais pas blessée. Mais j'étais triste. Il m'a semblé que vous aviez honte de moi. Oui, vous aviez honte et, ce matin-là, vous avez commencé de vous éloigner, votre visage même a changé. Mon prince est parti. Seul est resté celui qui me méprisait, qui me haïssait peut-être. Plus de paroles douces, mais l'impatience, la fureur, le couteau...

> *Elle se lève et tremble.*

STAVROGUINE, *hors de lui brusquement.*

Assez ! Vous êtes folle, folle !

MARIA TIMOPHEIEVNA, *d'une petite voix.*

Je vous en prie, prince. Allez dehors et entrez.

> STAVROGUINE, *encore tremblant*
> *et avec impatience.*

Entrer ? Pourquoi entrer ?

MARIA TIMOPHEIEVNA

Pour que je sache qui vous êtes. Pendant ces cinq ans, j'ai attendu qu'il vienne, je me représentais constamment comment il entrerait. Allez dehors et entrez, comme si vous étiez de retour après une longue absence, et alors, peut-être, je vous reconnaîtrai.

STAVROGUINE

Taisez-vous. Ecoutez-moi maintenant. Rassemblez toute votre attention. Demain, si je suis encore en vie, je rendrai public notre mariage. Nous n'habiterons pas chez moi. Nous irons en Suisse, dans les montagnes. Nous passerons toute notre existence dans cet endroit qui est morne et désert. Voilà comment je vois les choses.

MARIA TIMOPHEIEVNA

Oui, oui, tu veux mourir, tu t'enterres déjà. Mais quand tu voudras vivre à nouveau, tu voudras te débarrasser de moi. De n'importe quelle manière !

STAVROGUINE

Non. Je ne quitterai pas cet endroit, je ne vous quitterai pas. Pourquoi me tutoyez-vous ?

MARIA TIMOPHEIEVNA

Parce que, maintenant, je t'ai reconnu et je sais que tu n'es pas mon prince. Lui n'aurait pas honte de moi. Il ne me cacherait pas dans des montagnes. Mais il me montrerait à tout le monde, oui, même à cette jeune demoiselle qui me dévorait du regard l'autre jour. Non, tu ressembles beaucoup à mon prince, mais c'est fini, j'ai percé ton mensonge. Toi, tu veux plaire à cette demoiselle. Tu la convoites.

STAVROGUINE

Allez-vous m'écouter ? Laissez cette folie !

MARIA TIMOPHEIEVNA

Lui ne m'a jamais dit que j'étais folle. C'était un prince, un aigle. Il pouvait se prosterner devant Dieu s'il voulait, ne pas se prosterner

s'il ne voulait pas. Toi, Chatov t'a giflé. Tu es
un laquais aussi.

STAVROGUINE, *il la prend par les bras.*

Regardez-moi. Reconnaissez-moi. Je suis votre
mari.

MARIA TIMOPHEIEVNA

Lâche-moi, imposteur. Je ne crains pas ton
couteau. Lui m'aurait défendue contre le monde
entier. Toi, tu veux ma mort parce que je te
gêne.

STAVROGUINE

Qu'as-tu dit, malheureuse ! Qu'as-tu dit ?

Il la rejette en arrière.
Elle tombe et il se précipite vers la
sortie.
Elle court vers lui. Mais Lebiadkine
surgit qui la maîtrise pendant qu'elle
hurle.

MARIA TIMOPHEIEVNA

Assassin ! Anathème ! Assassin !

Noir

NEUVIÈME TABLEAU

Le pont.
Stavroguine marche rapidement en parlant de façon indistincte.
Quand il a dépassé la moitié du pont, Fedka surgit derrière lui.
Stavroguine se retourne d'un coup, le saisit au collet et le renverse face contre terre, sans paraître faire effort. Puis il le lâche. Fedka est aussitôt sur pied avec, dans la main, un couteau large et court.

STAVROGUINE

A bas le couteau ! (*Fedka fait disparaître le couteau. Stavroguine lui tourne le dos et reprend sa marche. Fedka le suit. Longue marche. Ce n'est plus le pont, mais une longue rue déserte.*) J'ai failli te rompre le cou tant j'étais furieux.

FEDKA

Vous êtes fort, barine. L'âme est faible, mais le corps est vigoureux. Vos péchés doivent être grands.

STAVROGUINE *rit*.

Tu prêches, maintenant ? On m'a dit pourtant que tu avais cambriolé une église la semaine dernière.

FEDKA

Pour dire le vrai, j'y étais entré pour prier. Et puis, j'ai pensé que la grâce divine m'avait conduit là et qu'il fallait en profiter puisque Dieu voulait bien me donner un coup de main.

STAVROGUINE

Tu as aussi égorgé le gardien.

FEDKA

C'est-à-dire que nous avons nettoyé l'église ensemble. Mais, au matin, près de la rivière, nous nous sommes disputés pour savoir qui porterait le plus gros sac. Et alors, j'ai péché.

STAVROGUINE

Superbe. Continue à égorger et à voler !

FEDKA

C'est ce que me dit le petit Verkhovensky. Moi, je veux bien. Les occasions ne manquent pas. Tenez, chez ce capitaine Lebiadkine où vous êtes allé ce soir...

STAVROGUINE, *s'arrêtant brusquement*.

Eh bien...

FEDKA

Là, vous n'allez pas encore me frapper ! Je
veux dire que cet ivrogne laisse la porte ouverte
tous les soirs, tant il est ivre. N'importe qui
pourrait entrer et tuer tout le monde, le frère
et la sœur, dans la maison.

STAVROGUINE

Tu y es entré ?

FEDKA

Oui.

STAVROGUINE

Pourquoi n'as-tu pas tué tout le monde ?

FEDKA

J'ai calculé.

STAVROGUINE

Quoi ?

FEDKA

Je pouvais voler cent cinquante roubles après
l'avoir tué, après *les* avoir tués, je veux dire.
Mais si j'en crois le petit Verkhovensky, je pourrais recevoir de vous quinze cents roubles pour
le même travail. Alors... (*Stavroguine le regarde
en silence.*) Je m'adresse à vous comme à un
frère ou à un père. [Personne n'en saura rien
et pas même le jeune Verkhovensky.] Mais j'ai
besoin de savoir si vous désirez que je le fasse,
soit que vous me le disiez, soit que vous me

fassiez une petite avance. (*Stavroguine commence à rire en le regardant.*) Allons, ne vou-
drez-vous pas me donner les trois roubles que
je vous ai déjà demandés ?

> *Stavroguine, riant toujours, sort des bil-
lets et les lâche un par un.*
>
> *Fedka les ramasse, poussant des « ah »
qui continuent après que la lumière a
baissé jusqu'au noir.*

Le Narrateur

Celui qui tue, ou veut tuer, ou laisse tuer,
celui-là souvent veut mourir. Il est le compa-
gnon de la mort. Peut-être était-ce cela que voulait dire le rire de Stavroguine. Mais il n'est
pas sûr que Fedka l'ait compris ainsi.

Noir

DIXIÈME TABLEAU[1]

LA FORÊT DE BRYKOVO

*Il fait humide. Le sol est détrempé. Du vent.
Les arbres sont nus.
Sur la scène, des barrières. Devant chacune
d'elles Stavroguine — un pardessus léger et un
chapeau de castor blanc — et Gaganov —
33 ans, de grande taille, gras, bien nourri,
blond.
Au milieu les témoins, Maurice Nicolaievitch
— du côté de Gaganov — et Kirilov.
Les adversaires sont déjà armés.*

KIRILOV

Je vous propose maintenant, et pour la dernière fois, de vous réconcilier. Je ne parle que
pour la forme, c'est mon devoir de témoin.

MAURICE NICOLAIEVITCH

J'approuve entièrement les paroles de M. Ki-

---

1. Toute la scène du duel a été supprimée à la
représentation.

rilov. Cette idée qu'on ne peut se réconcilier
sur le terrain n'est qu'un préjugé, bon tout au
plus pour des Français. D'ailleurs, ce duel est
sans raison puisque M. Stavroguine est prêt à
offrir de nouveau ses excuses.

STAVROGUINE

Je confirme une fois de plus ma proposition
de présenter toutes les excuses possibles.

GAGANOV

Mais c'est insupportable ! Nous n'allons pas
recommencer la même comédie. (*A Maurice
Nicolaievitch.*) Si vous êtes mon témoin et non
mon ennemi, expliquez à cet homme... (*Il le
désigne du pistolet.*) ... que ses concessions ne
font qu'aggraver l'insulte. Il a toujours l'air de
considérer que mes offenses ne peuvent l'at-
teindre et qu'il n'y a pas de honte à se dérober
devant moi. Il m'insulte sans trêve, je vous le
dis, et vous, vous ne faites que m'irriter pour
que je le manque.

KIRILOV

Cela suffit. Je vous prie d'obéir à mon com-
mandement. Regagnez vos places. (*Les adversaires regagnent leurs places, derrière les barrières, presque en coulisses.*) Un, deux, trois.
Allez.

> *Les adversaires se dirigent l'un vers
> l'autre.*
>
> *Gaganov tire, s'arrête, et, voyant qu'il a*

manqué Stavroguine, vient se placer en
cible à la barrière.

Stavroguine marche à sa rencontre, tire
plus haut que Gaganov. Puis sort un mou-
choir de sa poche et en enveloppe son
petit doigt.

KIRILOV

Etes-vous blessé ?

STAVROGUINE

La balle m'a effleuré.

KIRILOV

Si votre adversaire ne se déclare pas satisfait,
votre duel doit continuer.

GAGANOV

Je déclare que cet homme a tiré volontaire-
ment en l'air. C'est une injure de plus.

STAVROGUINE

Je vous donne ma parole d'honneur que je
n'ai pas voulu vous offenser. J'ai tiré en l'air
pour des raisons qui ne regardent que moi.

MAURICE

Il me semble cependant que si l'un des adversaires déclare à l'avance qu'il tirera en l'air, le
duel ne peut continuer.

STAVROGUINE

Je n'ai nullement déclaré que je tirerais chaque fois en l'air. Vous ne savez pas comment je tirerai la deuxième fois.

GAGANOV

Je répète qu'il l'a fait exprès. Mais je veux tirer une deuxième fois, selon mon droit.

KIRILOV, *sèchement.*

C'est votre droit, en effet.

MAURICE

S'il en est ainsi, le duel continue.

> *Même jeu. Gaganov arrive à la barrière, vise longuement Stavroguine qui attend, immobile, les bras baissés.*
> *La main de Gaganov tremble.*

KIRILOV

Vous visez trop longtemps. Tirez. Tirez vite.

> *Le coup part. Le chapeau de Stavroguine est emporté.*
> *Kirilov le ramasse et le donne à Stavroguine.*
> *Tous deux examinent le chapeau.*

MAURICE

Tirez à votre tour. Ne faites pas attendre votre adversaire.

*Stavroguine regarde Gaganov et dé-
charge son pistolet vers le haut.*

*Gaganov, fou de rage, sort en courant.
Maurice Nicolaievitch le suit.*

KIRILOV

Pourquoi ne l'avez-vous pas tué ? Vous l'avez
offensé encore plus gravement.

STAVROGUINE

Que fallait-il faire ?

KIRILOV

Ne pas le provoquer en duel ou le tuer.

STAVROGUINE

Je ne voulais pas le tuer. Mais si je ne l'avais
pas provoqué, il m'aurait souffleté en public.

KIRILOV

Eh bien, vous auriez été souffleté !

STAVROGUINE

Je commence à n'y rien comprendre. Pourquoi est-ce que tout le monde attend de moi ce
qu'on n'attend de nul autre ? Pourquoi dois-je
supporter ce que personne ne supporte et accepter des fardeaux que personne ne pourrait
porter ?

DIXIÈME TABLEAU

KIRILOV

Vous recherchez ces fardeaux, Stavroguine.

STAVROGUINE

Ah ! (*Un silence.*) Vous vous en êtes aperçu ?

KIRILOV

Oui.

STAVROGUINE

Cela se voit tant que cela ?

KIRILOV

Oui.

> Silence. Stavroguine met son chapeau et l'ajuste.
> Il reprend son air distant, puis regarde Kirilov.

STAVROGUINE, *lentement.*

On se lasse des fardeaux, Kirilov. Et ce n'est pas de ma faute si cet imbécile m'a manqué.

Noir]

ONZIÈME TABLEAU

CHEZ VARVARA STAVROGUINE

*Stavroguine, au centre, dort, assis, très droit,
sur le divan, complètement immobile, un pan-
sement au doigt. On perçoit à peine sa respi-
ration. Son visage est pâle et sévère, comme
pétrifié, ses sourcils légèrement froncés.*
*Entre Dacha qui court vers lui, s'arrête et le
regarde. Elle fait un signe de croix sur lui. Il
ouvre les yeux et reste immobile, fixant obsti-
nément le même point devant lui.*

DACHA

Etes-vous blessé ?

STAVROGUINE, *la regardant.*

Non.

DACHA

Avez-vous versé le sang ?

STAVROGUINE

Non, je n'ai tué personne et surtout personne

ne m'a tué, comme vous voyez. Le duel s'est passé stupidement. J'ai tiré en l'air et Gaganov m'a manqué. Je n'ai pas de chance. Mais je suis fatigué et je voudrais rester seul.

DACHA

Bien. Je cesserai de vous voir, puisque vous me fuyez toujours. Je sais qu'à la fin je vous retrouverai.

STAVROGUINE

A la fin ?

DACHA

Oui. Quand tout sera terminé, appelez-moi et je viendrai.

> *Il la regarde et semble s'éveiller tout à fait.*

STAVROGUINE, *avec naturel.*

Je suis si lâche et si vil, Dacha, que je crois que je vous appellerai effectivement tout à la fin. Et vous, malgré toute votre sagesse, vous accourrez en effet. Mais, dites-moi, viendrez-vous quelle que soit la fin ? (*Dacha se tait.*) Même si j'ai commis entre-temps le pire des actes ?...

DACHA, *le regarde.*

Allez-vous faire périr votre femme ?

STAVROGUINE

Non. Non. Ni elle ni personne. Je ne le veux pas. Peut-être ferai-je périr l'autre, la jeune fille... Peut-être ne pourrai-je pas m'en empêcher. Ah ! laissez-moi, Dacha, pourquoi vous perdre avec moi ?

Il se lève.

DACHA

Je sais qu'à la fin je resterai seule avec vous, et j'attends ce moment. Je prie pour cela.

STAVROGUINE

Vous priez ?

DACHA

Oui. Depuis un certain jour, je n'ai pas cessé de prier.

STAVROGUINE

Et si je ne vous appelle pas. Et si je prends la fuite...

DACHA

Cela ne se peut. Vous m'appellerez.

STAVROGUINE

Il y a beaucoup de mépris dans ce que vous me dites.

DACHA

Il n'y a pas seulement du mépris.

STAVROGUINE *rit.*

Il y a donc du mépris. Cela ne fait rien. Je ne veux pas vous perdre avec moi.

DACHA

Vous ne me perdrez pas. Si je ne viens pas près de vous, je me ferai religieuse, je garderai les malades.

STAVROGUINE

Infirmière ! C'est cela. Au fond, vous vous intéressez à moi comme une infirmière. Après tout, c'est de cela que j'ai peut-être le plus besoin.

DACHA

Oui, vous êtes malade.

> *Stavroguine, brusquement, prend une chaise et l'envoie sans effort apparent de de l'autre côté de la pièce.*
> *Dacha pousse un cri.*
> *Stavroguine lui tourne le dos puis va s'asseoir.*
> *Il parle ensuite avec naturel, comme si rien ne s'était passé.*

STAVROGUINE

Voyez-vous, Dacha, j'ai constamment des ap-

paritions maintenant. Des sortes de petits démons. Il y en a un surtout...

DACHA

Vous m'en avez déjà parlé. Vous êtes malade.

STAVROGUINE

Cette nuit, il s'est assis tout près de moi et
ne m'a pas quitté. Il est bête et insolent. Et
médiocre. Oui. Médiocre. Je suis furieux que
mon démon personnel puisse être médiocre.

DACHA

Vous en parlez comme s'il existait en réalité.
Oh ! que Dieu vous préserve de cela !

STAVROGUINE

Non, non, je ne crois pas au diable. Pourtant,
cette nuit, les démons sortaient de tous les maré-
cages et ils fondaient sur moi. Tenez, un
diablotin m'a proposé, sur le pont, de couper
la gorge à Lebiadkine et à sa sœur Maria Timopheievna, pour me débarrasser de mon mariage.
Il m'a demandé trois roubles d'avance. Mais il
a chiffré le coût de l'opération à quinze cents
roubles. C'était un diable comptable.

DACHA

Etes-vous sûr qu'il s'agissait d'une apparition ?

ONZIÈME TABLEAU

STAVROGUINE

Non, ce n'était pas une apparition. C'était Fedka, le forçat évadé.

DACHA

Qu'avez-vous répondu ?

STAVROGUINE

Moi ? Rien. Pour m'en débarrasser, je lui ai donné les trois roubles et même davantage. (*Dacha pousse une exclamation.*) Oui. Il doit croire que je suis d'accord. Rassurez cependant votre cœur compatissant. Pour qu'il agisse, il faudrait que je lui donne l'ordre. Peut-être après tout le donnerais-je !

DACHA, *joignant les mains.*

Mon Dieu, mon Dieu, pourquoi me tourmente-t-il ainsi ?

STAVROGUINE

Pardonnez-moi. Ce n'était qu'une plaisanterie. C'est ainsi, d'ailleurs, depuis la nuit dernière : j'ai une envie terrible de rire, de rire, sans m'arrêter, longtemps, toujours... (*Il rit sans gaieté comme en se forçant. Dacha tend la main vers lui.*) J'entends une calèche. Ce doit être ma mère.

DACHA

Que Dieu vous garde de votre démon. Appelez-moi. Je viendrai.

STAVROGUINE

Écoutez, Dacha. Si j'allais voir Fedka et que je lui donne l'ordre, viendriez-vous, viendriez-vous même après le crime ?

DACHA, *en larmes.*

Oh ! Nicolas, Nicolas, je vous en prie, ne restez pas seul, ainsi... Allez voir Tikhone, au séminaire, il vous aidera.

STAVROGUINE

Encore !

DACHA

Oui, Tikhone. Et moi, ensuite, moi-même, après, je viendrai, je viendrai...

> *Elle fuit en pleurant.*

STAVROGUINE

Elle viendra, bien sûr, elle viendra. Avec délectation. (*Avec dégoût.*) Ah !...

[ALEXIS EGOROVITCH, *qui entre* [1].

Maurice Nicolaievitch... désire vous voir.

STAVROGUINE

Lui ? Que peut-il... (*Il a un sourire orgueilleux.*) Qu'il entre.

---

1. La scène entre Maurice Nicolaievitch et Stavroguine a été supprimée à la représentation.

ONZIÈME TABLEAU

Entre Maurice Nicolaievitch.
Alexis Egorovitch sort.
Maurice Nicolaievitch voit le sourire de
Stavroguine et s'arrête, comme s'il s'apprê-
tait à faire demi-tour. Mais Stavroguine
change de physionomie et, d'un air sin-
cèrement étonné, lui tend la main, que
Maurice Nicolaievitch ne prend pas. Sta-
vroguine sourit à nouveau, mais d'un air
courtois.

STAVROGUINE

Asseyez-vous.

Maurice Nicolaievitch s'assied sur une
chaise, Stavroguine de biais sur le divan.
Pendant un moment Stavroguine consi-
dère en silence son visiteur qui semble
hésiter.
Puis il parle soudain.

MAURICE

Si vous le pouvez, épousez Lisa Nicolaievna.

Stavroguine le regarde sans changer
d'expression. Maurice Nicolaievitch le
regarde fixement.

STAVROGUINE, *après un silence.*

Si je ne me trompe, Lisa Nicolaievna est
votre fiancée ?

MAURICE

Oui, nous sommes officiellement fiancés.

STAVROGUINE

Vous seriez-vous disputés ?

MAURICE

Non. Elle m'aime et elle m'estime, selon ses propres paroles. Et ses paroles sont ce qu'il y a de plus précieux pour moi.

STAVROGUINE

Je le comprends.

MAURICE

Je sais cependant que si vous l'appeliez quand elle sera à l'église, devant l'autel, sous son voile, elle m'abandonnera, moi et les autres, pour vous suivre.

STAVROGUINE

Ne vous trompez-vous pas ?

MAURICE

Non, elle dit vous haïr, elle est sincère. Mais, profondément, elle vous aime de façon démente. Et moi, qu'elle dit aimer, il lui arrive de me détester follement.

STAVROGUINE

Je suis cependant surpris que vous disposiez de Lisa Nicolaievna. Vous y a-t-elle autorisé ?

ONZIÈME TABLEAU

MAURICE

Vous prononcez là des paroles qui sont basses, des paroles de vengeance et de triomphe. Mais je ne crains pas de m'humilier plus encore. Non, je n'ai aucun droit, aucune autorisation. Lisa ignore ma démarche. C'est à son insu que je viens vous dire que vous seul pouvez la rendre heureuse et que vous devez prendre ma place devant l'autel. Du reste, après cette démarche, je ne pourrai plus l'épouser, ni me supporter moi-même.

STAVROGUINE

Si je l'épousais, vous vous tueriez après le mariage ?

MAURICE

Non. Beaucoup plus tard. Jamais, peut-être...

STAVROGUINE

Vous dites cela pour me tranquilliser.

MAURICE

Vous tranquilliser ! Que vous importe un peu de sang de plus ou de moins !

STAVROGUINE, *après un temps.*

Croyez que je suis très touché par votre proposition. Cependant, qu'est-ce qui vous pousse à croire que mes sentiments pour Lisa sont tels que je veuille l'épouser ?

MAURICE *se lève brusquement.*

Comment ? Ne l'aimez-vous pas ? N'avez-vous
pas cherché à obtenir sa main ?

STAVROGUINE

En général, je ne puis parler à personne de
mes sentiments pour une femme, sauf à cette
femme elle-même. Pardonnez-moi, c'est une
bizarrerie de ma nature. Toutefois, je puis vous
dire la vérité sur le reste : je suis marié et il
ne m'est donc plus possible d'épouser une autre
femme, ou de chercher à obtenir sa main,
comme vous dites.

> *Maurice Nicolaievitch le regarde, pé-
> trifié, pâlit, puis donne un violent coup
> de poing sur la table.*

MAURICE

Si après un tel aveu, vous ne laissez pas Lisa
tranquille, je vous tuerai à coups de bâton,
comme un chien.

> *Il se lève, d'un bond, sort et, à la
> porte, bouscule Pierre Verkhovensky qui
> allait entrer.*]

PIERRE

Eh bien ! Il est fou. Que lui avez-vous fait ?

STAVROGUINE, *riant.*

Rien. Du reste, cela ne vous regarde pas.

PIERRE

Je suis sûr qu'il est venu vous offrir sa fiancée ? Hein ? C'est moi qui l'y ai poussé indirectement, figurez-vous. Et s'il refuse de nous la céder, nous la lui prendrons nous-mêmes, n'est-ce pas ? C'est un joli morceau [1].

STAVROGUINE

Vous avez toujours l'intention de m'aider à la prendre, je vois.

PIERRE

Dès que vous le déciderez. On vous débarrassera de vos charges. Ça ne vous coûtera rien.

STAVROGUINE

Si. Quinze cents roubles... Au fait, que venez-vous faire ici ?

PIERRE

Comment ? Vous avez oublié ? Et notre réunion ? Je suis venu vous rappeler qu'elle a lieu dans une heure.

---

1. Ces trois répliques, après la suppression de la scène précédente, ont été remplacées par le texte suivant :

ALEXIS (*qui entre*) :
— Pierre Verkhovensky insiste pour vous voir.

PIERRE (*surgissant*) :
— Je viens de rencontrer Maurice Nicolaievitch. Il voulait vous offrir sa fiancée. Je lui ai conseillé d'attendre. D'ailleurs, nous n'avons pas besoin de lui : elle brûle d'envie de venir. Nous irons la chercher nous-mêmes, n'est-ce pas ? C'est un joli morceau.

STAVROGUINE

Ah ! c'est vrai ! Excellente idée. Vous ne pouviez pas mieux tomber. J'ai envie de m'amuser. Quel rôle dois-je jouer ?

PIERRE

Vous êtes un des membres du comité central et vous êtes au courant de toute l'organisation secrète.

STAVROGUINE

Que dois-je faire ?

PIERRE

Prendre un air ténébreux, c'est tout.

STAVROGUINE

Mais il n'y a pas de comité central ?

PIERRE

Il y a vous et moi.

STAVROGUINE

C'est-à-dire vous. Et il n'y a pas d'organisation ?

PIERRE

Il y en aura une si j'arrive à organiser ces imbéciles en groupe, à les souder en un seul bloc.

Stavroguine

Bravo ! Comment vous y prendrez-vous ?

Pierre

Eh bien ! d'abord des titres, des fonctions, secrétaire, trésorier, président, vous voyez cela ! Puis la sentimentalité. La justice, pour eux, c'est la sentimentalité. Donc, il faut les laisser parler beaucoup, surtout les imbéciles. De toute façon, ils sont unis par la crainte de l'opinion. Ça, c'est une force, un vrai ciment. Ce dont ils ont le plus peur, c'est de passer pour réactionnaires. Donc, ils sont forcés d'être révolutionnaires. Ils auraient honte de penser par eux-mêmes, d'avoir une idée personnelle. Par conséquent, ils penseront comme je le voudrai.

Stavroguine

Excellent programme ! Mais je connais une bien meilleure manière de cimenter ce joli groupe. Poussez quatre membres à tuer le cinquième sous prétexte qu'il moucharde et ils seront liés par le sang. Mais que je suis bête : c'est bien votre idée, n'est-ce pas, puisque vous voulez faire tuer Chatov ?

Pierre

Moi ! Mais comment... vous n'y pensez pas !

Stavroguine

Non, je n'y pense pas. Mais vous, vous y pensez. Et si vous voulez mon avis, ce n'est pas si bête. [Pour lier les hommes, il y a quelque chose de plus fort que la sentimentalité ou la crainte de l'opinion, c'est le déshonneur.] Le meilleur moyen pour séduire nos compatriotes et les entraîner, c'est de prêcher ouvertement le droit au déshonneur.

PIERRE

Mais oui, je le sais. Vive le déshonneur et tout le monde viendra à nous, personne ne voudra rester en arrière. Ah ! Stavroguine, vous comprenez tout ! Vous serez le chef, je serai votre secrétaire. Nous embarquerons sur une nef. Les rames seront d'érable, les voiles de soie, et, sur le château arrière, nous mettrons Lisa Nicolaievna.

STAVROGUINE

A cette prophétie, il n'y a que deux objections. La première est que je ne serai pas votre chef...

PIERRE

Vous le serez, je vous expliquerai...

STAVROGUINE

La seconde est que je ne vous aiderai pas à tuer Chatov pour lier vos imbéciles.

Il rit à gorge déployée.

ONZIÈME TABLEAU

PIERRE, *écarlate de fureur.*

Je... Il faut que j'aille prévenir Kirilov.

Il sort précipitamment.
Lui sorti, Stavroguine cesse de rire et
va s'asseoir, muet et sinistre, sur le divan.

Noir

La rue.
Pierre Verkhovensky marche vers la rue de
l'Epiphanie.

LE NARRATEUR
surgissant derrière Verkhovensky.

En même temps que Pierre Verkhovensky,
quelque chose s'était mis en marche dans la
ville. Des incendies mystérieux éclatèrent; le
nombre des vols doubla. Un sous-lieutenant qui
avait pris l'habitude de brûler des cierges dans
sa chambre devant des ouvrages matérialistes,
griffa et mordit son commandant. Une dame
de la plus haute société se mit à battre ses
enfants à heure fixe et à insulter les pauvres
quand l'occasion s'en présentait. Une autre enfin
voulut pratiquer l'amour libre avec son mari.
« C'est impossible », lui disait-on. « Comment,
impossible, criait-elle. Nous sommes libres. »
Nous étions libres en effet, mais de quoi ?

DOUZIÈME TABLEAU

*Kirilov, Fedka et Pierre Verkhovensky dans
le salon Philipov.
La chambre de Chatov est à demi éclairée.*

PIERRE, *à Fedka.*

Monsieur Kirilov te cachera.

FEDKA

Vous êtes un vilain petit cafard, mais je vous
obéis, je vous obéis. Souvenez-vous seulement
de ce que vous m'avez promis.

PIERRE

Cache-toi.

FEDKA

J'obéis. Souvenez-vous.

Fedka disparaît.

KIRILOV, *comme une constatation.*

Il vous déteste.

PIERRE

Je n'ai pas besoin qu'il m'aime, j'ai besoin qu'il obéisse. Asseyez-vous, j'ai à vous parler. Je suis venu vous rappeler la convention qui nous lie.

KIRILOV

Je ne suis lié par rien, ni à rien.

PIERRE, *sursautant*.

Quoi, vous avez changé d'avis ?

KIRILOV

Je n'ai pas changé d'avis. Mais j'agis selon ma volonté. Je suis libre.

PIERRE

D'accord, d'accord. J'admets que c'est votre libre volonté, pourvu que cette volonté n'ait pas changé. Vous vous emballez pour un mot. Vous êtes devenu bien irritable ces temps derniers.

KIRILOV

Je ne suis pas irritable, mais je ne vous aime pas. Cependant, je tiendrai ma parole.

PIERRE

Il faut cependant que ce soit bien clair entre nous. Vous voulez toujours vous tuer ?

KIRILOV

Toujours.

PIERRE

Parfait. Reconnaissez que personne ne vous y a forcé.

KIRILOV

Vous vous exprimez sottement.

PIERRE

D'accord, d'accord. Je me suis exprimé bien sottement. Sans aucun doute, on ne pouvait pas vous forcer. Je continue. Vous faisiez partie de notre organisation et vous vous êtes ouvert de votre projet à l'un de ses membres ?

KIRILOV

Je ne me suis pas ouvert, j'ai dit seulement que je le ferai.

PIERRE

Bon, bon. Vous n'aviez pas à vous confesser en effet. Vous l'avez dit. Parfait.

KIRILOV

Non, ce n'est pas parfait. Vous parlez pour ne rien dire. J'ai décidé de me tuer parce que telle est mon idée. Vous vous êtes dit que ce suicide peut rendre service à l'organisation. Si vous faites un mauvais coup ici et qu'on recherche les coupables, je me fais sauter la cervelle, et je laisse une lettre où je déclare que c'est moi le coupable. Vous m'avez donc demandé d'attendre avant de me tuer. Je vous ai répondu que j'attendrais, puisque ça m'était égal.

PIERRE

Bon. Mais vous vous êtes engagé à rédiger cette lettre avec moi et à vous tenir à ma disposition. Pour cela seulement, bien sûr, car pour tout le reste, vous êtes libre.

KIRILOV

Je n'ai pas pris d'engagement. J'ai consenti parce que cela m'était indifférent.

PIERRE

Si vous voulez. Etes-vous toujours dans les mêmes dispositions ?

KIRILOV

Oui. Ce sera bientôt ?

PIERRE

Dans quelques jours.

KIRILOV *se lève et semble réfléchir.*

De quoi faudra-t-il me déclarer coupable ?

PIERRE

Vous le saurez.

KIRILOV

Bon. Mais n'oubliez pas ceci. Je ne vous aiderai en rien contre Stavroguine.

PIERRE

D'accord, d'accord.

> *Entre Chatov, de l'intérieur.*
> *Kirilov va s'asseoir dans un coin.*

PIERRE

C'est bien d'être venu.

CHATOV

Je n'ai pas besoin de votre approbation.

PIERRE

Vous avez tort. Dans la situation où vous êtes, vous aurez besoin de mon aide et j'ai déjà dépensé beaucoup de salive en votre faveur.

CHATOV

Je n'ai de comptes à rendre à personne. Je suis libre.

PIERRE

Pas tout à fait. On vous a confié beaucoup de choses. Vous n'avez pas le droit de rompre sans prévenir.

DOUZIÈME TABLEAU

LE SÉMINARISTE

Non. Au séminaire, on souffre à cause de Dieu. Donc, on le hait. En tout cas voici ma question : sommes-nous, oui ou non, en séance ?

CHIGALEV

Je constate que nous continuons à parler pour ne rien dire. Les responsables peuvent-ils nous dire pourquoi nous sommes là ?

Tous regardent Verkhovensky qui change d'attitude comme s'il allait parler.

LIPOUTINE, *précipitamment.*

Liamchine, je vous prie, mettez-vous au piano.

LIAMCHINE

Comment ! Encore ! C'est chaque fois la même chose !

LIPOUTINE

De cette manière, personne ne pourra nous entendre. Jouez, Liamchine ! Pour la cause !

VIRGUINSKY

Mais oui, jouez, Liamchine.

Liamchine se met au piano et joue une valse au petit bonheur.
Tous regardent Verkhovensky, qui, loin de parler, a repris son attitude endormie.

LIPOUTINE

Verkhovensky, n'avez-vous aucune déclaration à faire ?

PIERRE, *bâillant.*

Absolument aucune. Mais je voudrais un verre de cognac.

LIPOUTINE

Et vous, Stavroguine ?

STAVROGUINE

Non, merci, je ne bois plus.

LIPOUTINE

Il ne s'agit pas de cognac. Je vous demande si vous voulez parler.

STAVROGUINE

Parler ? Et de quoi donc ? Non.

Virguinsky donne la bouteille de cognac à Pierre Verkhovensky qui en boira beaucoup pendant toute la soirée. Mais Chigalev se lève, morne et sombre, et dépose sur la table un épais cahier, couvert d'une écriture menue, que tous regardent avec crainte.

CHIGALEV

Je demande la parole.

DOUZIÈME TABLEAU

VIRGUINSKY

Vous l'avez. Prenez-la.

Liamchine joue plus fort.

LE SÉMINARISTE

Permettez, Monsieur Liamchine, mais véritablement, on ne s'entend plus.

Liamchine s'arrête.

CHIGALEV

Messieurs, en sollicitant votre attention, je vous dois quelques explications préliminaires.

PIERRE

Liamchine, passez-moi les ciseaux qui sont sur le piano.

LIAMCHINE

Des ciseaux ? Pour quoi faire ?

PIERRE

Oui. J'ai oublié de me couper les ongles. Il y a déjà trois jours que j'aurais dû le faire. Continuez, Chigalev, continuez, je ne vous écoute pas.

CHIGALEV

M'étant consacré entièrement à l'étude de la société de l'avenir, je suis arrivé à la conclusion que, depuis les temps les plus reculés jusqu'à nos jours, tous les créateurs de systèmes sociaux n'ont dit que des bêtises. Il a donc fallu que je construise mon propre système d'organisation. Le voici ! (*Il frappe le cahier.*) Mon système, à vrai dire, n'est pas complètement achevé. Tel quel, il nécessitera cependant une discussion. Car je devrai vous expliquer aussi la contradiction à laquelle j'aboutis. Partant de la liberté illimitée, j'aboutis en effet au despotisme illimité.

VIRGUINSKY

Ce sera difficile à faire avaler au peuple !

CHIGALEV

Oui. Et pourtant, j'insiste là-dessus, il n'y a pas, il ne peut y avoir d'autre solution au problème social que la mienne. Elle est peut-être désespérante, mais il n'y en a pas d'autre.

LE SÉMINARISTE

Si j'ai bien compris, l'ordre du jour concerne l'immense désespoir de M. Chigalev.

CHIGALEV

Votre expression est plus juste que vous ne pensez. Oui, j'ai été acculé au désespoir. Et cependant, il n'y avait pas d'autre issue que ma solution. Si vous ne l'adoptez pas, vous ne ferez rien de sérieux. Et un jour vous y reviendrez.

DOUZIÈME TABLEAU

LE SÉMINARISTE

Je propose de voter pour savoir jusqu'à quel point le désespoir de M. Chigalev présente un intérêt et s'il est nécessaire que nous consacrions notre séance à écouter la lecture de son livre.

VIRGUINSKY

Votons, votons !

LIAMCHINE

Oui, oui.

LIPOUTINE

Messieurs, messieurs ! Ne nous énervons pas. Chigalev est trop modeste. J'ai lu son livre. On peut discuter certaines de ses conclusions. Mais il est parti de la nature humaine, telle que nous la connaissons désormais par la science et il a résolu le problème social, vraiment.

LE SÉMINARISTE

Vraiment ?

LIPOUTINE

Mais oui. Il propose de partager l'humanité en deux parties inégales. Un dixième environ recevra la liberté absolue et une autorité illimitée sur les neuf autres dixièmes qui devront perdre leur personnalité et devenir en quelque sorte un troupeau. Maintenus dans la soumission sans bornes des brebis, ils atteindront, en revanche, l'état d'innocence de ces intéressantes créatures. Ce sera en somme l'Eden, sauf qu'il faudra travailler.

CHIGALEV

Oui. C'est ainsi que j'obtiens l'égalité. Tous les hommes sont esclaves et égaux dans l'esclavage. Autrement, ils ne peuvent être égaux. Donc, il faut niveler. On abaissera par exemple le niveau de l'instruction et des talents. Comme les hommes de talent veulent toujours s'élever, il faudra malheureusement arracher la langue de Cicéron, crever les yeux de Copernic et lapider Shakespeare. Voilà mon système.

LIPOUTINE

Oui, M. Chigalev a découvert que les facultés supérieures sont des germes d'inégalité, donc de despotisme. Ainsi, dès qu'on remarque qu'un homme a des dons supérieurs, on l'abat ou on l'emprisonne. Même les gens très beaux sont suspects à cet égard et il faut les supprimer.

CHIGALEV

Et aussi les trop grands imbéciles, car ils peuvent donner aux autres la tentation de se glorifier de leur supériorité, ce qui est un germe de despotisme. Au contraire, par ces moyens, l'égalité sera totale.

DOUZIÈME TABLEAU

LE SÉMINARISTE

Mais vous êtes dans la contradiction. Une telle égalité, c'est le despotisme.

CHIGALEV

C'est vrai, et c'est ce qui me désespère. Mais la contradiction disparaît si on dit qu'un tel despotisme, c'est l'égalité.

PIERRE, *bâillant.*

Que de bêtises !

LIPOUTINE

Est-ce vraiment si bête ? Je trouve cela très réaliste au contraire.

PIERRE

Je ne parlais pas de Chigalev, ni de ses idées qui sont géniales, c'est entendu, mais de toutes ces discussions.

LIPOUTINE

En discutant, on peut arriver à un résultat. Cela vaut mieux que de garder le silence en posant au dictateur.

Tous approuvent ce coup droit.

PIERRE

Ecrire, faire des systèmes, ce sont des sornettes. Un passe-temps esthétique. Vous vous ennuyez dans votre ville, voilà tout.

LIPOUTINE

Nous ne sommes que des provinciaux, il est vrai, et bien dignes de pitié. Mais, pour le moment, vous non plus ne nous avez rien apporté de sensationnel. Ces tracts que vous nous avez communiqués disent qu'on n'améliorera pas la société universelle à moins de couper cent millions de têtes. Cela ne me paraît pas plus réalisable que les idées de Chigalev.

PIERRE

C'est-à-dire qu'en coupant cent millions de têtes, on va plus vite, forcément.

LE SÉMINARISTE

On risque aussi de faire couper sa propre tête.

PIERRE

C'est un inconvénient. Et c'est le risque qu'on court toujours quand on veut élever une nouvelle religion. Mais je comprends très bien, Monsieur, que vous reculiez. Et j'estime que vous avez le droit de vous dérober.

LE SÉMINARISTE

Je n'ai pas dit cela. Et je suis prêt à me lier définitivement à une organisation, si elle se révélait sérieuse et efficace.

DOUZIÈME TABLEAU

PIERRE

Quoi, vous accepteriez de prêter serment au groupe que nous organisons ?

LE SÉMINARISTE

C'est-à-dire... pourquoi pas, si...

PIERRE

Ecoutez, Messieurs. Je comprends très bien que vous attendiez de moi des explications et des révélations sur les rouages de notre organisation. Mais je ne puis vous les donner si je ne suis pas sûr de vous jusqu'à la mort. Alors laissez-moi vous poser une question ? Etes-vous pour les discussions à perte de vue ou pour les millions de têtes ? Bien entendu, ce n'est qu'une image. Autrement dit, êtes-vous pour patauger dans le marécage ou le traverser à toute vapeur ?

LIAMCHINE, *gaîment.*

A toute vapeur, à toute vapeur, bien sûr, pourquoi patauger ?

PIERRE

Vous seriez donc d'accord sur les méthodes préconisées dans les tracts que je vous ai donnés ?

LE SÉMINARISTE

C'est-à-dire... Mais oui... Encore faut-il préciser !

PIERRE

Si vous avez peur, il est inutile de préciser.

LE SÉMINARISTE

Personne ici n'a peur, vous le savez. Mais vous nous traitez comme des pions sur un échiquier. Expliquez-nous clairement les choses, et nous verrons avec vous.

PIERRE

Vous seriez prêts à vous lier par serment à l'organisation ?

VIRGUINSKY

Certainement, si vous nous le demandiez de façon décente.

PIERRE, *avec un signe vers Chatov.*

Lipoutine, vous n'avez rien dit.

LIPOUTINE

Je suis prêt à répondre et à bien d'autres choses. Mais je voudrais d'abord être sûr qu'il n'y a pas de mouchard ici.

Tumulte. Liamchine court au piano.

PIERRE, *apparemment très alarmé.*

Quoi ? Que voulez-vous dire ? Mais vous

m'alarmez. Est-il possible qu'il y ait un mouchard parmi nous ?

Tous parlent.

LIPOUTINE

Nous serions compromis !

PIERRE

Je serais plus compromis que vous. Aussi devez-vous tous répondre à une question qui décidera si nous devons nous séparer ou continuer. Si l'un de vous apprend qu'il se prépare un meurtre pour les besoins de la cause, ira-t-il le dénoncer à la police ? (*Au séminariste.*) Permettez-moi de m'adresser d'abord à vous.

LE SÉMINARISTE

Pourquoi d'abord à moi ?

PIERRE

Je vous connais moins.

LE SÉMINARISTE

Une telle question est une insulte.

PIERRE

Soyez plus précis.

LE SÉMINARISTE, *furieux.*

Je ne dénoncerai pas, bien entendu.

PIERRE

Et vous, Virguinsky ?

VIRGUINSKY

Non, cent fois non !

LIPOUTINE

Mais pourquoi Chatov se lève-t-il ?

> *Chatov est en effet debout. Il regarde, pâle de colère, Pierre Verkhovensky, puis il se dirige vers la porte.*

PIERRE

Votre attitude peut beaucoup vous nuire, Chatov.

CHATOV

Elle peut du moins être utile à l'espion et au coquin que tu es. Sois donc satisfait. Je ne m'abaisserai pas à répondre à ton ignoble question.

> *Il sort. Tumulte. Tout le monde s'est levé, sauf Stavroguine.*
>
> *Kirilov rentre lentement dans sa chambre.*
>
> *Pierre Verkhovensky boit encore un verre de cognac.*

DOUZIÈME TABLEAU

LIPOUTINE

Eh bien ! l'épreuve aura servi à quelque chose. Maintenant, nous sommes renseignés.

Stavroguine se lève.

LIAMCHINE

Stavroguine non plus n'a pas répondu.

VIRGUINSKY

Stavroguine, pouvez-vous répondre à la question ?

STAVROGUINE

Je n'en vois pas la nécessité.

VIRGUINSKY

Mais nous nous sommes tous compromis et vous, non !

STAVROGUINE

Vous serez donc compromis et moi, non.

Tumulte.

LE SÉMINARISTE

Mais Verkhovensky non plus n'a pas répondu à la question.

STAVROGUINE

En effet. (*Il sort.*)

Verkhovensky se précipite derrière lui, puis revient.

Pierre

Ecoutez. Stavroguine est le délégué. Vous devrez tous lui obéir, et à moi, qui le seconde, jusqu'à la mort. Jusqu'à la mort, vous entendez. Et à propos, souvenez-vous que Chatov vient de se dénoncer comme traître et que les traîtres doivent être châtiés. Prêtez serment, allons, prêtez serment...

Le Séminariste

A quoi ?...

Pierre

Etes-vous des hommes, oui ou non. Et reculeriez-vous devant un serment d'honneur ?

Virguinsky, *un peu perdu.*

Mais que faut-il jurer ?

Pierre

De châtier les traîtres. Vite, prêtez serment. Allons, vite, il faut que je rejoigne Stavroguine. Prêtez serment...

> *Ils lèvent tous la main, très lentement.*
> *Pierre Verkhovensky se précipite dehors.*

N o i r

TREIZIÈME TABLEAU

*Dans la rue, puis chez Varvara Stavroguine.
Stavroguine et Pierre Verkhovensky.*

PIERRE, *courant derrière Stavroguine.*

Pourquoi êtes-vous parti ?

STAVROGUINE

J'en avais assez. Et votre comédie avec Chatov m'a écœuré. Mais je ne vous laisserai pas
faire.

PIERRE

Il s'est dénoncé.

STAVROGUINE, *s'arrêtant.*

Vous êtes un menteur. Je vous ai déjà dit
pourquoi vous aviez besoin du sang de Chatov.
Il doit vous servir à cimenter votre groupe.
Vous venez très habilement de le faire partir.
Vous saviez qu'il refuserait de dire « Je ne
dénoncerai pas » [et qu'il considérerait comme
une lâcheté de vous répondre].

PIERRE

D'accord, d'accord ! Mais il ne fallait pas partir. J'ai besoin de vous.

STAVROGUINE

Je m'en doute puisque vous voulez me pousser à faire égorger ma femme. Mais pourquoi faire ? A quoi puis-je vous servir ?

PIERRE

A quoi, mais à tout... Et puis, vous avez dit vrai. Soyez avec moi et je vous débarrasse de votre femme. (*Pierre Verkhovensky prend Stavroguine par le bras. Stavroguine se dégage, le prend par les cheveux et le jette à terre.*) Oh, vous êtes fort ! Stavroguine, faites ce que je vous demande, et je vous amènerai demain Lisa Drozdov, voulez-vous ? Répondez ! Ecoutez, je vous abandonnerai Chatov aussi, si vous me le demandez...

STAVROGUINE

Il est donc vrai que vous aviez résolu de le tuer ?

PIERRE, *il se lève.*

Qu'est-ce que cela peut vous faire ? N'a-t-il pas été méchant avec vous.

STAVROGUINE

Chatov est bon. Vous, vous êtes méchant.

Pierre

Je le suis. Mais moi, je ne vous ai pas giflé.

Stavroguine

Si vous leviez une main, je vous tuerais sur-le-champ. Vous savez très bien que je peux tuer.

Pierre

Je sais. Mais vous ne me tuerez pas parce que vous me méprisez.

Stavroguine

Vous êtes perspicace.

Il s'en va.

Pierre

Ecoutez, écoutez...

Pierre fait un signe. Fedka surgit et ils suivent Stavroguine tous les deux. Le rideau représentant la rue se relève sur le salon de Varvara Stavroguine.

Dacha est en scène. Elle entend la voix de Verkhovensky et sort à droite. Entrent Stavroguine et Pierre Verkhovensky.

Pierre

Ecoutez...

LES POSSÉDÉS

STAVROGUINE

Vous êtes obstiné... Dites-moi une bonne fois
ce que vous attendez de moi et partez.

PIERRE

Oui, oui. Voilà. (*Il regarde la porte de côté.*)
Attendez.

Il va vers la porte et l'ouvre doucement.

STAVROGUINE

Ma mère n'écoute jamais aux portes.

PIERRE

J'en suis sûr. Vous autres nobles êtes bien
au-dessus de ça. Moi, au contraire, j'écoute aux
portes. D'ailleurs, je croyais avoir entendu un
bruit. Mais ce n'est pas la question. Vous voulez savoir ce que j'attends de vous ? (*Stavroguine se tait.*) Eh ! bien, voilà... Ensemble,
nous soulèverons la Russie.

STAVROGUINE

Elle est lourde.

PIERRE

Encore dix groupes comme celui-ci et nous
serons puissants.

STAVROGUINE

Dix groupes d'imbéciles comme ceux-là !

[PIERRE

C'est avec la bêtise qu'on fait avancer l'histoire. Tenez, regardez la femme du gouverneur, Julie Mikhailovna. Elle est avec nous. La bêtise !

STAVROGUINE

Vous n'allez pas me dire qu'elle conspire ?

PIERRE

Non. Mais son idée est qu'il faut empêcher la jeunesse russe d'aller vers l'abîme, elle veut dire vers la révolution. Son système est simple. Il faut faire l'éloge de la révolution, donner raison à la jeunesse, et lui montrer qu'on peut très bien être révolutionnaire et femme de gouverneur. La jeunesse comprendra alors que ce régime est le meilleur puisqu'on peut l'insulter sans danger et même être récompensé de vouloir sa destruction.

STAVROGUINE

Vous exagérez. On ne peut pas être bête à ce point.]

PIERRE

Oh ! ils ne sont pas si bêtes, ils sont idéalistes, voilà tout. Heureusement, moi, je ne suis pas idéaliste. Mais je ne suis pas intelligent non plus. Comment ?

STAVROGUINE

Je n'ai pas parlé.

PIERRE

Tant pis. J'espérais que vous me diriez :
« Mais si, vous êtes intelligent. »

STAVROGUINE

Je n'ai jamais songé à vous dire rien de sem-
blable.

PIERRE, *avec haine.*

Vous avez raison, je suis bête. C'est pourquoi
j'ai besoin de vous. Il faut une tête à mon
organisation.

STAVROGUINE

Vous avez Chigalev.

Il bâille.

PIERRE, *même jeu.*

Ne vous moquez pas de lui. Le nivellement
absolu, c'est une idée excellente, nullement
ridicule. C'est dans mon plan, avec d'autres
choses. Nous organiserons cela définitivement.
On les forcera à s'espionner et à se dénoncer
les uns les autres. Comme ça, plus d'égoïsme !
De temps en temps quelques convulsions, mais
jusqu'à une certaine limite, uniquement pour
vaincre l'ennui; [nous les chefs, nous y pour-
voirons. Car il y aura des chefs puisqu'il faut
des esclaves.] Donc obéissance complète, déper-
sonnalisation absolue, et tous les trente ans
nous autorisons les convulsions, et alors tous se
jetteront les uns sur les autres et s'entre-dévo-
reront.

TREIZIÈME TABLEAU

STAVROGUINE, *le regardant.*

J'ai longtemps cherché à qui vous ressembliez.
Mais j'avais le tort de chercher mes comparai-
sons dans le règne animal. Maintenant j'ai
trouvé.

PIERRE, *l'esprit ailleurs.*

Oui, oui.

STAVROGUINE

Vous ressemblez à un jésuite.

PIERRE

D'accord, d'accord. Les Jésuites ont raison
d'ailleurs. Ils ont trouvé la formule. La conspi-
ration, le mensonge, et un seul but ! Impossible de vivre autrement dans le monde. D'ailleurs, il faudrait que le pape soit avec nous.

STAVROGUINE

Le pape ?

PIERRE

Oui, mais c'est très compliqué. Il faudrait
pour ça que le pape se mette d'accord avec
l'Internationale. C'est trop tôt. Ce sera pour
plus tard, inévitablement, parce que c'est le
même esprit. Alors il y aura le pape au sommet, nous autour, et au-dessous de nous les
masses soumises au système de Chigalev. Mais
c'est une idée pour l'avenir, ça. En attendant,
il faut diviser le travail. Alors voilà ! A l'Occi-

dent, il y aura le pape et chez nous... chez nous... il y aura vous.

STAVROGUINE

Vous êtes ivre, décidément. Laissez-moi.

PIERRE

Stavroguine, vous êtes beau. Savez-vous seulement que vous êtes beau, et fort, et intelligent ? Non, vous ne le savez pas, vous êtes candide aussi. Moi, je le sais et c'est pourquoi vous êtes mon idole. Je suis nihiliste. Les nihilistes ont besoin d'idoles. [Vous êtes l'homme qu'il nous faut. Vous n'offensez personne et cependant tout le monde vous hait. Vous traitez les gens comme vos égaux et cependant on a peur de vous. Vous, vous n'avez peur de rien, vous pouvez sacrifier votre vie comme celle du prochain. C'est très bien.] Oui, vous êtes l'homme dont j'ai besoin et je n'en connais pas d'autre que vous. Vous êtes le chef, vous êtes le soleil. (*Il prend soudain la main de Stavroguine et la baise. Stavroguine le repousse.*) Ne me méprisez pas. Chigalev a trouvé le système, mais moi, moi seul, j'ai trouvé le moyen de le réaliser. J'ai besoin de vous. Sans vous, je suis un zéro. Avec vous, je détruirai l'ancienne Russie et je bâtirai la nouvelle.

STAVROGUINE

Quelle Russie ? Celle des espions ?

TREIZIÈME TABLEAU

PIERRE

Quand nous aurons le pouvoir, nous verrons peut-être à rendre les gens plus vertueux, si vous y tenez vraiment. Mais, pour le moment, c'est vrai, nous avons besoin d'une ou deux générations de débauchés, nous avons besoin d'une corruption inouïe, ignoble, qui transforme l'homme en un insecte immonde, lâche et égoïste. Voilà ce qu'il nous faut. Et avec cela, on leur donnera un peu de sang frais pour qu'ils y prennent goût.

STAVROGUINE

J'ai toujours su que vous n'étiez pas un socialiste. Vous êtes un gredin.

PIERRE

D'accord, d'accord. Un gredin. Mais il faut que je vous explique mon plan. Nous commençons le chambardement. Des incendies, des attentats, des troubles incessants, la dérision de tout. Vous voyez, n'est-ce pas ! Oh ! oui, ce sera magnifique ! Une brume épaisse descendra sur la Russie. La terre pleurera ses anciens dieux. Et alors...

Il s'arrête.

STAVROGUINE

Et alors...

PIERRE

Nous ferons apparaître le nouveau tsar.

Stavroguine le regarde et s'éloigne lentement de lui.

STAVROGUINE

Je comprends. Un imposteur.

PIERRE

Oui. Nous dirons qu'il se cache, mais qu'il va paraître. Il existe, mais personne ne l'a vu. Imaginez la force de cette idée ! « Il se cache. » On pourra le montrer peut-être à un seul sur cent mille. Et toute la terre sera en rumeur. « On l'a vu. » Acceptez-vous ?

STAVROGUINE

Quoi ?

PIERRE

D'être le nouveau tsar.

STAVROGUINE

Ah ! Voilà donc votre plan !

PIERRE

Oui. Ecoutez-moi bien. Avec vous, on peut bâtir une légende. Il vous suffira de paraître, et vous triompherez. Auparavant, « il se cache, il se cache » et nous prononcerons en votre nom deux ou trois jugements de Salomon. Il suffira de satisfaire une requête sur dix mille pour que tous s'adressent à vous. Dans chaque village, chaque paysan saura qu'il y a quelque

part une boîte où il devra déposer sa requête.
Et le bruit se répandra sur toute la terre !
« Une nouvelle loi a été promulguée, une loi
juste. » Les mers se soulèveront et la vieille
baraque de bois s'écroulera. Et alors nous son-
gerons à élever un édifice de fer. Eh bien !
Eh ! bien ? (*Stavroguine rit avec mépris.*) Ah !
Stavroguine, ne me laissez pas seul. Sans vous,
je suis comme Colomb sans l'Amérique. Pouvez-vous imaginer Colomb sans l'Amérique ? Je
peux vous aider, moi, de mon côté. J'arran-
gerai vos affaires. Dès demain, je vous amène
Lisa. Vous en avez envie, vous avez une terrible envie de Lisa, je le sais. J'arrange tout
sur un mot de vous.

STAVROGUINE, *se tourne vers la fenêtre.*

Et ensuite, n'est-ce pas, vous me tiendrez...

PIERRE

Qu'est-ce que cela fait ? Vous, vous tiendrez
Lisa. Elle est jeune, pure...

STAVROGUINE, *avec une étrange expression,*
comme fasciné.

Elle est pure... (*Pierre Verkhovensky siffle de*
façon aiguë.) Que faites-vous ?

Fedka paraît.

PIERRE

Voilà notre ami qui peut nous aider. Dites

215

oui, Stavroguine, oui, oui, et Lisa est à vous, et le monde est à nous.

Stavroguine se tourne vers Fedka qui lui sourit tranquillement.

Dacha crie à l'intérieur, surgit et se jette sur Stavroguine.

DACHA

Nicolas, oh, je vous en supplie, ne restez pas avec ces hommes. Allez voir Tikhone, oui, Tikhone... Je vous l'ai déjà dit. Allez voir Tikhone.

PIERRE

Tikhone ? Qui est-ce ?

FEDKA

Un saint homme. N'en dis pas de mal, petit cafard, je te le défends.

PIERRE

Pourquoi, il a égorgé en même temps que toi ? Il est de l'église du sang ?

FEDKA

Non. Moi, je tue. Mais lui, il pardonne au crime.

Noir

TREIZIÈME TABLEAU

Le Narrateur

Personnellement, je ne connaissais pas Tikhone. Je savais seulement ce qu'on en disait dans notre ville. Les humbles lui faisaient une réputation de grande sainteté. Mais les autorités lui reprochaient sa bibliothèque où les ouvrages pieux étaient mêlés à des pièces de théâtre, et peut-être pis encore.

A première vue, il n'y avait aucune chance pour que Stavroguine lui rendît visite.

QUATORZIÈME TABLEAU

LA CHAMBRE DE TIKHONE
AU COUVENT DE LA VIERGE

Tikhone et Stavroguine sont debout.

STAVROGUINE

Ma mère vous a-t-elle dit que j'étais fou ?

TIKHONE

Non. Elle ne m'a pas parlé de vous tout à fait comme d'un fou. Mais elle m'a parlé d'un soufflet que vous auriez reçu et d'un duel...

> *Il s'assied en poussant une plainte.*

STAVROGUINE

Vous êtes souffrant ?

TIKHONE

J'ai de grandes douleurs dans les jambes. Et je dors mal.

STAVROGUINE

Voulez-vous que je vous laisse ?

> *Il se tourne vers la porte.*

TIKHONE

Non. Asseyez-vous ! (*Stavroguine s'assied, le chapeau à la main, dans une posture d'homme du monde. Mais il semble respirer avec peine.*) Vous aussi paraissez souffrant.

STAVROGUINE, *avec le même air.*

Je le suis. Voyez-vous, j'ai des hallucinations. Je vois souvent, ou je sens, auprès de moi, une sorte d'être railleur, méchant, raisonnable, sous divers aspects. Mais c'est toujours le même être et j'enrage. Il faudra que je consulte un médecin.

TIKHONE

Oui. Faites-le.

STAVROGUINE

Non, c'est inutile. Je sais de qui il s'agit. Et vous aussi.

TIKHONE

Vous voulez parler du diable ?

STAVROGUINE

Oui. Vous y croyez, n'est-ce pas ? Un homme de votre état est forcé d'y croire.

TIKHONE

C'est-à-dire que, dans votre cas, il est plus probable qu'il s'agit de maladie.

STAVROGUINE

Vous êtes sceptique, je vois. Croyez-vous au moins en Dieu ?

TIKHONE

Je crois en Dieu.

STAVROGUINE

Il est écrit : « Si tu crois et si tu ordonnes à la montagne de se mettre en marche, elle obéira. » Pouvez-vous transporter une montagne ?

TIKHONE

Peut-être. Avec l'aide de Dieu.

STAVROGUINE

Pourquoi peut-être ? Si vous croyez, vous devez dire oui.

TIKHONE

Ma foi est imparfaite.

STAVROGUINE

Allons, tant pis. Connaissez-vous la réponse que fit un certain évêque ? Un barbare qui tuait tous les chrétiens lui avait mis le couteau sous la gorge et lui demandait s'il croyait en Dieu. « Très peu, très peu », répondit l'évêque. Ce n'est pas digne, n'est-ce pas ?

TIKHONE

Sa foi était imparfaite.

STAVROGUINE, *souriant.*

Oui, oui. Mais, pour moi, la foi doit être parfaite ou ne pas être. C'est pourquoi je suis athée.

TIKHONE

L'athée parfait est plus respectable que l'indifférent. Il occupe le dernier échelon qui précède la foi parfaite.

STAVROGUINE

Je le sais. Vous souvenez-vous du passage de l'Apocalypse sur les tièdes ?

TIKHONE

Oui. « Je connais tes œuvres : tu n'es ni froid, ni chaud. Oh ! si tu étais froid ou chaud ! Mais parce que tu es tiède, et que tu n'es ni froid ni chaud je te vomirai de ma bouche. Car tu dis... »

STAVROGUINE

Assez. (*Un silence et sans le regarder.*) Vous savez, je vous aime beaucoup.

TIKHONE, *à mi-voix.*

Moi aussi. (*Silence assez long. Effleurant de son doigt le coude de Stavroguine.*) Ne sois pas fâché.

STAVROGUINE, *sursaute.*

Comment avez-vous su... (*Il reprend son ton habituel.*) Ma foi, oui, j'étais fâché parce que je vous avais dit que je vous aimais.

TIKHONE, *fermement.*

Ne soyez plus fâché et dites-moi tout.

STAVROGUINE

Vous êtes donc sûr que je suis venu avec une arrière-pensée.

TIKHONE, *les yeux baissés.*

Je l'ai lu sur votre visage, quand vous êtes entré.

> *Stavroguine est pâle — ses mains tremblent. Puis il sort des feuillets de sa poche.*

STAVROGUINE

Bon. Voici. J'ai écrit un récit qui me concerne et que je vais rendre public. Ce que vous pourrez me dire ne changera rien à ma décision. Cependant, je voudrais que vous soyez le premier à connaître cette histoire et je vais vous la dire. (*Tikhone secoue doucement la tête*

QUATORZIÈME TABLEAU

de haut en bas.) Bouchez-vous les oreilles. Donnez-moi votre parole de ne pas m'écouter et je
parlerai. (*Tikhone ne répond pas.*) De 1861 à
1863, j'ai vécu à Pétersbourg en m'adonnant à
une débauche où je ne trouvais aucun plaisir.
Je vivais avec des camarades nihilistes qui
m'adoraient à cause de mon porte-monnaie. Je
m'ennuyais terriblement. Tellement même que
j'aurais pu me pendre. [Si je ne me suis pas
pendu, alors, c'est que j'espérais quelque chose,
je ne savais quoi.] (*Tikhone ne dit rien.*) J'avais
trois appartements.

TIKHONE

Trois ?

STAVROGUINE

Oui. L'un où j'avais installé Maria Lebiadkine qui est devenue ma femme légitime. Et
deux autres où je recevais mes maîtresses. L'un
d'eux m'était loué par des petits bourgeois qui
occupaient le reste de l'appartement et travail-
laient au dehors. Je restais donc seul, assez souvent, avec leur fille de douze ans, qui s'appelait
Matriocha.

Il s'arrête.

TIKHONE

Voulez-vous continuer ou vous arrêter ?

STAVROGUINE

Je continuerai. C'était une enfant extrême-
ment douce et calme, au visage d'un blond
pâle, taché de rousseurs. Un jour, je ne trouvais

plus mon canif. J'en parlai à la propriétaire qui accusa sa fille et la battit jusqu'au sang, devant moi. Dans la soirée, je retrouvai le canif dans les plis de ma couverture. Je le mis dans la poche de mon gilet, et dehors, je le jetai dans la rue, afin que personne n'en sache rien. Trois jours après, je retournai dans la maison de Matriocha.

Il s'arrête.

TIKHONE

Vous avez parlé à ses parents ?

STAVROGUINE

Non. Ils n'étaient pas là. Matriocha était seule.

TIKHONE

Ah !

STAVROGUINE

Oui. Seule. Elle était assise dans un coin, sur un petit banc. Elle me tournait le dos. Je restai longtemps à l'observer de ma chambre. Tout à coup elle commença à chanter doucement, très doucement. Mon cœur se mit à battre très fort. Je me levai et m'approchai lentement de Matriocha. [Les fenêtres étaient garnies de géraniums; le soleil était ardent.] Je m'assis en silence, à côté d'elle, sur le plancher. Elle eut peur et se dressa brusquement. Je pris sa main que j'embrassai; elle rit comme une enfant; je la fis se rasseoir, mais elle se dressa de nouveau avec un air épouvanté. Je lui embrassai encore la main. Je la pris sur mes genoux. Elle eut un mouvement de recul et sourit encore. Je riais aussi. Alors elle jeta ses bras autour de mon cou, elle m'embrassa... (*Il s'arrête. Tikhone le regarde. Stavroguine soutient son regard, puis, montrant un feuillet blanc :*) A cet endroit, dans mon récit, j'ai laissé un blanc.

TIKHONE

Allez-vous me dire la suite ?

STAVROGUINE, *riant gauchement, le visage bouleversé.*

Non, non. Plus tard. Quand vous en serez digne... (*Tikhone le regarde.*) Mais il ne s'est rien passé du tout, qu'allez-vous penser ? Rien du tout... Le mieux, voyez-vous, serait que vous ne me regardiez pas. (*Tout bas*) Et n'épuisez pas ma patience. (*Tikhone baisse les yeux.*) Quand je revins deux jours après, Matriocha s'enfuit dans l'autre pièce dès qu'elle me vit. Mais je pus constater qu'elle n'avait rien dit à sa mère. Cependant, j'avais peur. Pendant tout ce temps-là, j'avais une peur atroce qu'elle parlât. Enfin, un jour, sa mère me dit, avant de nous laisser seuls, que la fillette était couchée avec la fièvre. Je restai assis dans ma chambre, immobile, à regarder, dans l'autre pièce, le lit dans la pénombre. Au bout d'une heure, elle bougea. Elle sortit de l'ombre, très amaigrie dans sa chemise de nuit, vint sur le seuil de ma chambre, et là, hochant la tête, me menaça

15

de son petit poing frêle. Puis elle s'enfuit. Je l'entendis courir sur le balcon intérieur de la maison. Je me levai et la vis disparaître dans un réduit où l'on gardait du bois. Je savais ce qu'elle allait faire. Mais je me rassis et me forçai à attendre vingt minutes. [On chantait dans la cour, une mouche bourdonnait près de moi. Je l'attrapai, la gardai un moment dans ma main, puis la lâchai.] Je me souviens que, sur un géranium près de moi, une minuscule araignée rouge cheminait lentement. Quand les vingt minutes furent écoulées, je me forçai à attendre encore un quart d'heure. Puis, en sortant, je regardai par une fente à l'intérieur du réduit. Matriocha s'était pendue. Je partis et, toute la soirée, je jouai aux cartes, avec le sentiment d'être délivré.

TIKHONE

Délivré ?

STAVROGUINE, *changeant de ton.*

Oui. Mais, en même temps, je savais que ce sentiment reposait sur une lâcheté infâme et que plus jamais, plus jamais, je ne pourrais me sentir noble sur cette terre, ni dans une autre vie, jamais...

TIKHONE

Est-ce pour cela que vous vous êtes conduit ici de façon si étrange ?

QUATORZIÈME TABLEAU

STAVROGUINE

Oui. J'aurais voulu me tuer. Mais je n'en avais pas le courage. Alors, j'ai gâché ma vie de la façon la plus bête possible. J'ai mené une vie ironique. J'ai trouvé que ce serait une bonne idée, bien stupide, d'épouser une folle, une infirme dont j'ai fait ma femme. J'ai même accepté un duel où je n'ai pas tiré, dans l'espoir d'être tué sottement. Pour finir, j'ai accepté les fardeaux les plus lourds, tout en n'y croyant pas. Mais tout cela, en vain, en vain ! Et je vis entre deux rêves, l'un où, sur des îles heureuses, au milieu d'une mer lumineuse, les hommes se réveillent et s'endorment innocents, l'autre où je vois Matriocha amaigrie, hochant la tête, et me menaçant de son petit poing... Son petit poing... Je voudrais effacer un acte de ma vie et je ne le peux pas.

Il cache sa tête dans ses mains.
Puis, après un silence, il se redresse.

TIKHONE

Allez-vous vraiment publier ce récit ?

STAVROGUINE

Oui. Oui !

TIKHONE

Votre intention est noble. La pénitence ne peut aller plus loin. Ce serait une action admi-

rable que de se punir soi-même de cette façon,
si seulement...

STAVROGUINE

Si ?...

TIKHONE

Si seulement c'était une vraie pénitence.

STAVROGUINE

Que voulez-vous dire ?

TIKHONE

Vous exprimez directement dans votre récit
le besoin d'un cœur mortellement blessé. C'est
pourquoi vous avez voulu le crachat, le soufflet
et la honte. Mais, en même temps, il y a du
défi et de l'orgueil dans votre confession. [La
sensualité et le désœuvrement vous ont rendu
insensible, incapable d'aimer, et vous semblez
être fier de cette insensibilité. Vous êtes fier
de ce qui est honteux.] Cela est méprisable.

STAVROGUINE

Je vous remercie.

TIKHONE

Pourquoi ?

STAVROGUINE

Parce que, bien que vous soyez fâché contre

moi, vous ne semblez ressentir aucun dégoût et
vous me parlez comme à votre égal.

TIKHONE

J'étais dégoûté. Mais vous avez tant d'orgueil
que vous ne l'avez pas remarqué. Cependant,
vos paroles « Vous me parlez comme à votre
égal » sont de belles paroles. Elles montrent
que votre cœur est grand, votre force immense.
Mais elle m'épouvante, cette grande force inutile en vous qui ne cherche à se déployer que
dans des infamies. Vous avez tout renié, vous
n'aimez plus rien et un châtiment poursuit tous
ceux qui se détachent du sol natal, de la vérité
d'un peuple et d'un temps.

STAVROGUINE

Je ne crains pas ce châtiment, ni aucun autre.

TIKHONE

Il faut craindre, au contraire. Ou sinon, il
n'y a pas châtiment, mais jouissance. Ecoutez.
Si quelqu'un, un inconnu, un homme que vous
ne reverriez plus jamais, lisait cette confession
et vous pardonnait silencieusement, en lui-
même, cela vous apaiserait-il ?

STAVROGUINE

Cela m'apaiserait. (*A mi-voix.*) Si vous me
pardonniez cela me ferait beaucoup de bien.
(*Il le regarde, puis avec une passion sauvage.*)
Non ! Je veux obtenir mon propre pardon !

Voilà mon but principal, unique. C'est alors seulement que disparaîtra la vision ! Voilà pourquoi j'aspire à une souffrance démesurée, voilà pourquoi je la recherche moi-même ! Ne me découragez pas, sinon je périrai de rage !

TIKHONE, *se lève.*

Si vous croyez que vous pouvez vous pardonner à vous-même, et que vous obtiendrez votre pardon en ce monde par la souffrance, si vous cherchez uniquement à obtenir ce pardon, oh ! alors vous croyez complètement ! Dieu vous pardonnera [votre absence de foi car vous vénérez l'Esprit Saint sans le connaître].

STAVROGUINE

Il ne peut y avoir de pardon pour moi. Il est écrit dans vos livres qu'il n'y a pas de plus grand crime que d'outrager un de ces petits enfants.

TIKHONE

Si vous vous pardonnez vous-même, le Christ vous pardonnera aussi.

STAVROGUINE

Non. Non. Pas lui, pas lui. Il ne peut y avoir de pardon ! Plus jamais, plus jamais... (*Stavroguine prend son chapeau et marche comme un fou vers la porte. Mais il se retourne vers Tikhone et reprend son ton d'homme du monde. Il paraît épuisé.*) Je reviendrai. Nous reparlerons de tout cela. Croyez que j'ai été très heureux de vous rencontrer. J'apprécie votre accueil et vos sentiments.

TIKHONE

Vous partez déjà ? Je voulais vous adresser une prière... mais je crains...

STAVROGUINE

Je vous en prie.

Il prend négligemment un petit crucifix sur la table.

TIKHONE

Ne publiez pas ce récit.

STAVROGUINE

Je vous ai prévenu que rien ne m'arrêtera. Je le ferai connaître au monde entier !

TIKHONE

Je comprends. Mais je vous propose un sacrifice plus grand. Renoncez à ce geste et vous surmonterez ainsi votre orgueil, vous écraserez votre démon, vous atteindrez à la liberté.

Il joint les mains.

STAVROGUINE

Vous prenez tout cela trop à cœur. Si je vous

écoutais, en somme, je ferais une fin, j'aurais
des enfants, je deviendrais membre d'un club
et je viendrais au couvent les jours de fête.

TIKHONE

Non. Je vous propose une autre pénitence.
Il y a dans ce couvent un ascète, un vieillard
d'une telle sagesse chrétienne que ni moi, ni
même vous, ne pouvons la concevoir. Allez près
de lui, soumettez-vous à son autorité pendant
cinq ou sept ans et vous obtiendrez, je vous le
promets, tout ce dont vous avez soif.

STAVROGUINE, *avec légèreté.*

Entrer au couvent ? Pourquoi pas ? Je suis
convaincu d'ailleurs que je pourrais vivre
comme un moine bien que je sois doué d'une
sensualité bestiale. (*Tikhone pousse un grand
cri, les mains en avant.*) Qu'avez-vous ?

TIKHONE

Je vois, je vois clairement que vous n'avez
jamais été aussi près d'un nouveau crime, encore plus atroce que l'autre.

STAVROGUINE

Calmez-vous. Je puis vous promettre de ne
pas publier ce récit tout de suite.

TIKHONE

Non. Non. Un jour, une heure, avant ce grand

QUATORZIÈME TABLEAU

sacrifice, tu chercheras une issue dans un nouveau crime et tu ne l'accompliras que pour
éviter la publication de ces feuillets !

*Stavroguine le regarde intensément,
brise le crucifix et en jette les morceaux
sur la table.*

Rideau

TROISIÈME PARTIE

QUINZIÈME TABLEAU

CHEZ VARVARA STAVROGUINE

*Stavroguine entre, le visage bouleversé, hésite,
tourne sur lui-même puis disparaît par le fond.
Entrent Grigoreiev et Stépan Trophimovitch,
dans une extrême agitation.*

STÉPAN

Mais enfin, que me veut-elle ?

GRIGOREIEV

Je ne sais pas. Elle vous fait demander de
venir sans délai.

STÉPAN

Ce doit être la perquisition. Elle l'a appris.
Elle ne me pardonnera jamais.

GRIGOREIEV

Mais qui est venu perquisitionner ?

STÉPAN

Je ne sais pas, une espèce d'Allemand, qui dirigeait tout. J'étais surexcité. Il parlait. Non, c'est moi qui parlais. Je lui ai raconté ma vie, du point de vue politique, je veux dire. J'étais surexcité, mais digne, je vous l'assure. Je crains, cependant, d'avoir pleuré.

GRIGOREIEV

Mais vous auriez dû lui réclamer son ordre de perquisition. Il fallait le prendre de haut.

STÉPAN

Ecoutez, mon ami, ne me découragez pas. Quand on est malheureux, il n'y a rien de plus insupportable que de s'entendre dire par ses amis qu'on a fait une bêtise. En tout cas, j'ai pris mes précautions. J'ai fait préparer des vêtements chauds.

GRIGOREIEV

Pour quoi faire ?

STÉPAN

Eh bien ! s'ils viennent me chercher... C'est ainsi maintenant : on vient, on vous prend, et puis la Sibérie, ou pire. Aussi j'ai cousu trente-cinq roubles dans la doublure de mon gilet.

GRIGOREIEV

Mais il n'est pas question qu'on vous arrête.

Stépan

Ils ont dû recevoir une dépêche de Saint-Pétersbourg.

Grigoreiev

A votre sujet ? Mais vous n'avez rien fait.

Stépan

Si, si, on m'arrêtera. En route pour le bagne ou bien on vous oublie dans une casemate.

Il éclate en sanglots.

Grigoreiev

Mais voyons, calmez-vous. Vous n'avez rien à vous reprocher. Pourquoi avez-vous peur ?

Stépan

Peur ? Oh ! je n'ai pas peur. Enfin, je n'ai pas peur de la Sibérie, non. C'est autre chose que je crains. Je crains la honte.

Grigoreiev

La honte ? Quelle honte ?

Stépan

Le fouet !

Grigoreiev

Comment le fouet ? Vous m'inquiétez, cher ami.

STÉPAN

Oui, on vous fouette aussi.

GRIGOREIEV

Mais pourquoi vous fouetterait-on ? Vous n'avez rien fait.

STÉPAN

Justement, ils verront que je n'ai rien fait et ils me fouetteront.

GRIGOREIEV

Vous devriez vous reposer, après avoir vu Varvara Stavroguine.

STÉPAN

Que va-t-elle penser ? Comment réagira-t-elle quand elle apprendra la honte. La voilà.

Il se signe.

GRIGOREIEV

Vous vous signez ?

STÉPAN

Oh, je n'ai jamais cru à cela. Mais enfin, il ne faut rien négliger.

Entre Varvara Stavroguine. Ils se lèvent.

QUINZIÈME TABLEAU

VARVARA, à *Grigoreiev*.

Merci, mon ami. Voudriez-vous nous laisser seuls... (*A Stépan Trophimovitch.*) Asseyez-vous. (*Grigoreiev sort. Elle va au bureau et écrit rapidement un mot. Pendant ce temps, Stépan Trophimovitch se tortille sur sa chaise. Puis elle se retourne.*) Stépan Trophimovitch, nous avons des questions à régler avant de nous séparer définitivement. J'irai droit au fait. (*Il se rapetisse sur sa chaise.*) Taisez-vous. Laissez-moi parler. Je me considère comme engagée à vous servir votre pension de douze cents roubles. J'ajoute encore huit cents roubles pour les dépenses extraordinaires. Cela vous suffit-il ? Il me semble que ce n'est pas peu. Donc, vous prendrez cet argent et vous vivrez comme vous l'entendrez, à Pétersbourg, à Moscou, à l'étranger, mais pas chez moi. Avez-vous compris ?

STÉPAN

Il n'y a pas longtemps, j'ai entendu de votre bouche une autre exigence, aussi pressante, aussi catégorique. Je me suis soumis. Je me suis déguisé en fiancé et j'ai dansé le menuet, pour l'amour de vous...

VARVARA

Vous n'avez pas dansé. Vous êtes venu chez moi avec une cravate neuve, pommadé et parfumé. Vous aviez une pressante envie de vous marier, cela se voyait sur votre visage et,

241

croyez-moi, ce n'était pas très joli. Surtout avec une jeune fille, presque une enfant...

STÉPAN

Je vous en prie, n'en parlons plus. J'irai dans un hospice.

VARVARA

On ne va pas dans un hospice quand on a deux mille roubles de rentes. [Vous dites cela parce que votre fils, qui est d'ailleurs plus intelligent que vous ne le dites, a parlé un jour, en plaisantant, d'un hospice. Mais il y a toutes sortes d'hospices et il en est où l'on accueille des généraux. Vous pourriez donc y jouer au whist...]

STÉPAN

Passons...

VARVARA

Passons ? Vous devenez grossier, maintenant ? En ce cas, brisons-là. Vous êtes prévenu : dorénavant, nous vivrons chacun de notre côté.

STÉPAN

Et c'est tout ? C'est tout ce qui reste de nos vingt années ? C'est là notre dernier adieu ?

VARVARA

Parlons-en de ces vingt années ! Vingt années de vanité et de grimaces ! Même les lettres que

vous m'adressiez étaient écrites pour la postérité. Vous n'êtes pas un ami, vous êtes un sty-
liste !

STÉPAN

Vous parlez comme mon fils. Je vois qu'il
vous a influencée.

VARVARA

Ne suis-je pas assez grande pour penser toute
seule ? Qu'avez-vous fait pour moi pendant ces
vingt années ? Vous me refusiez même les livres
que je faisais venir pour vous. Vous ne vouliez
pas me les donner avant de les avoir lus et
comme vous ne les lisiez jamais, je les ai
attendus vingt ans. La vérité, c'est que vous
étiez jaloux de mon développement intellec-
tuel.

STÉPAN, *avec désespoir.*

Mais est-il possible de tout rompre pour si
peu de chose !

VARVARA

Quand je suis rentrée de l'étranger et que
j'ai voulu vous raconter mes impressions devant
la Madone Sixtine, vous ne m'avez même pas
écoutée et vous vous êtes contenté de sourire
d'un air supérieur.

STÉPAN

Je souriais, oui, mais je n'étais pas supérieur.

Varvara

Il n'y avait pas de quoi d'ailleurs ! Cette Madone Sixtine n'intéresse plus que quelques vieux bonshommes comme vous. C'est démontré.

Stépan

Ce qui est démontré, après toutes ces paroles cruelles, c'est qu'il me faut partir. Ecoutez-moi maintenant. Je vais prendre ma besace de mendiant, je vais abandonner tous vos présents et je partirai à pied pour achever ma vie comme précepteur chez un marchand ou pour mourir de faim sous une haie. Adieu.

Varvara Stavroguine se lève, fulminante.

Varvara

J'en étais sûre. Je savais depuis des années que vous n'attendiez que le moment de me déshonorer. Vous êtes capable de mourir uniquement pour que ma maison soit calomniée.

Stépan

Vous m'avez toujours méprisé, mais je finirai ma vie comme un chevalier fidèle à sa dame. A partir de cette minute, je n'accepterai plus rien de vous et je vous honorerai avec désintéressement.

Varvara

Voilà qui serait nouveau.

QUINZIÈME TABLEAU

STÉPAN

Je sais, vous n'avez jamais eu d'estime pour
moi. Oui, j'étais votre parasite et j'ai eu des
faiblesses. Mais vivre en parasite n'a jamais
été le principe suprême de mes actes. Cela se
faisait de soi-même, je ne sais trop comment.
Je pensais toujours qu'il y avait entre nous
quelque chose de supérieur au boire et au manger, et jamais je n'ai été une canaille. Eh bien !
maintenant, en route pour réparer mes fautes !
Il est bien tard, l'automne est avancé, la campagne est noyée de brume, le givre de la vieil-
lesse recouvre ma route et, dans les hurlements
du vent, je distingue l'appel de la tombe. En
route, cependant ! Oh ! je vous dis adieu, mes
rêves ! Vingt ans ! (*Sa face se couvre de larmes.*)
Allons.

VARVARA *est émue,*
mais elle frappe du pied.

[Ce sont encore des enfantillages. Jamais
vous ne serez capable d'exécuter vos menaces
égoïstes. Vous n'irez nulle part, chez aucun marchand, et vous me resterez sur les bras, en con-
tinuant à toucher votre pension, et à recevoir
tous les mardis vos insupportables amis.] Adieu,
Stépan Trophimovitch !

STÉPAN

Alea jacta est.

Il se précipite au-dehors.

245

Varvara

Stépan !

Mais il a disparu. Elle tourne en rond, déchirant son manchon, puis elle se jette sur le divan, en larmes.
Au dehors, bruits confus.

Grigoreiev, *entrant.*

Où courait Stépan Trophimovitch ? Et la ville est en émeute !

Varvara

En émeute ?

Grigoreiev

Oui. Les ouvriers de la fabrique Chpigouline sont allés manifester devant la maison du gouverneur. On dit que celui-ci est devenu fou.

Varvara

Mon Dieu, Stépan risque d'être pris dans l'émeute !

Entrent devant Alexis Egorovitch : Prascovie Drozdov, Lisa, Maurice Nicolaievitch et Dacha.

Prascovie

Ah ! mon Dieu, c'est la révolution ! Et mes jambes qui ne peuvent plus me traîner.

Entrent Virguinsky, Lipoutine et Pierre Verkhovensky.

QUINZIÈME TABLEAU

PIERRE

Çà remue, ça remue. Cet imbécile de gouverneur a eu un accès de fièvre chaude.

VARVARA

Avez-vous vu votre père ?

PIERRE

Non, mais il ne risque rien. Tout juste d'être fouetté. Ça lui fera du bien.

Stavroguine apparaît.
Sa cravate est dérangée.
Il a l'air un peu fou, pour la première fois.

VARVARA

Nicolas, qu'as-tu ?

STAVROGUINE

Rien. Rien, il m'a semblé qu'on m'appelait. Mais non... Mais non... Qui m'appellerait...

Lisa fait un pas en avant.

LISA

Nicolas Stavroguine, un certain Lebiadkine, qui se dit le frère de votre femme, m'adresse des lettres inconvenantes où il prétend avoir des révélations à faire sur votre compte. S'il est réellement votre parent, interdisez-lui de m'importuner.

Varvara se jette vers Lisa.

STAVROGUINE, *avec une simplicité étrange.*

J'ai en effet le malheur d'être apparenté à cet homme. Voici quatre ans que j'ai épousé à Pétersbourg sa sœur, née Lebiadkine.

> *Varvara dresse son bras droit comme pour se protéger, et tombe, évanouie. Tous se précipitent sauf Lisa et Stavroguine.*

STAVROGUINE, *du même air.*

C'est maintenant qu'il faut me suivre, Lisa. Nous irons à ma maison de campagne de Skvoretchniki.

> *Lisa marche vers lui comme un automate. Maurice Nicolaievitch qui s'occupait de Varvara Petrovna se lève et court vers elle.*

MAURICE

Lisa !

> *Un geste d'elle l'arrête.*

LISA

Ayez pitié de moi.

> *Elle suit Stavroguine.*

Noir

LE NARRATEUR, *devant un rideau illuminé de lueurs d'incendie.*

Le feu qui couvait depuis si longtemps éclata

enfin. Il éclata d'abord, réellement, la nuit où Lisa suivit Stavroguine. L'incendie dévora le faubourg qui sépare la ville de la maison de campagne des Stavroguine. Dans ce faubourg se trouvait la maison de Lebiadkine et de sa sœur Maria. Mais l'incendie éclata aussi dans les âmes. Après la fuite de Lisa, les malheurs se succédèrent.

SEIZIÈME TABLEAU

LE SALON DE LA MAISON DE SKVORETCHNIKI

Six heures du matin.
Lisa — même robe mais froissée et mal fermée — derrière la porte-fenêtre, contemple les lueurs de l'incendie. Elle frissonne.
Stavroguine entre, venant du dehors.

STAVROGUINE

Alexis est parti à cheval pour chercher des nouvelles. Dans quelques minutes, nous saurons tout. On dit qu'une partie du faubourg a déjà brûlé.. L'incendie a éclaté entre onze heures et minuit.

> *Lisa se retourne brusquement et va s'asseoir dans un fauteuil.*

LISA

Ecoutez-moi, Nicolas. Nous n'avons plus long-temps à rester ensemble et je veux dire tout ce que j'ai à dire.

SEIZIÈME TABLEAU

STAVROGUINE

Que veux-tu dire, Lisa ? Pourquoi n'avons-nous plus longtemps à rester ensemble ?

LISA

Parce que je suis morte.

STAVROGUINE

Morte ? Pourquoi, Lisa ? Il faut vivre.

LISA

Vous avez oublié qu'en entrant ici, hier, je vous ai dit que vous aviez emmené une morte. J'ai vécu depuis. J'ai eu mon heure de vie sur la terre, cela suffit. Je ne veux pas ressembler à Christophore Ivanovitch. Vous en souvenez-vous ?

STAVROGUINE

Oui.

LISA

Il vous ennuyait terriblement, n'est-ce pas, à Lausanne. Il disait toujours « Je ne viens que pour un instant » et restait toute une journée. Je ne veux pas lui ressembler.

STAVROGUINE

Ne parle pas ainsi. Tu te fais mal et tu me fais mal. Ecoute, je puis te le jurer : je t'aime en ce moment plus qu'hier lorsque tu es entrée ici.

LISA

Etrange déclaration !

STAVROGUINE

Nous ne nous quitterons pas. Nous partirons ensemble.

LISA

Partir ? Pour quoi faire ? Pour ressusciter ensemble, comme vous dites. Non, tout cela est trop sublime pour moi. Si je devais partir avec vous, ce serait pour Moscou, recevoir des visites et les rendre. C'est là mon idéal, un idéal bien bourgeois. Mais puisque vous êtes marié, tout cela est inutile.

STAVROGUINE

Mais, Lisa, as-tu donc oublié que tu t'es donnée à moi ?

LISA

Je ne l'ai pas oublié. Je veux vous quitter maintenant.

STAVROGUINE

Tu te venges sur moi de ton caprice d'hier.

LISA

Voilà une pensée bien basse.

SEIZIÈME TABLEAU

STAVROGUINE

Alors pourquoi l'as-tu fait ?

LISA

Que vous importe ? Vous n'êtes coupable de
rien, vous n'avez de comptes à rendre à personne.

STAVROGUINE

Ne me méprise pas ainsi. Je ne crains rien
que de perdre cet espoir que tu m'as donné.
J'étais perdu, comme noyé, et j'ai pensé que
ton amour me sauverait. Sais-tu seulement ce
que m'a coûté ce nouvel espoir ? Je l'ai payé
de la vie...

LISA

De votre vie ou de celle d'autrui ?

STAVROGUINE, *bouleversé.*

Que veux-tu dire ? Là, tout de suite, que
veux-tu dire ?

LISA

Je vous ai demandé seulement si vous avez
payé cet espoir de votre vie ou de la mienne ?
Pourquoi me regardez-vous ainsi ? Qu'êtes-vous
allé imaginer ? On dirait que vous avez peur,
que vous avez peur depuis longtemps... Et
maintenant, vous pâlissez...

STAVROGUINE

Si tu sais quelque chose, moi, je ne sais rien,

253

je te le jure. Ce n'est pas cela que je voulais dire...

LISA, *avec effroi.*

Je ne vous comprends pas.

STAVROGUINE, *s'assied et met sa tête dans ses mains.*

Un mauvais rêve... Un cauchemar... Nous parlions de deux choses différentes.

LISA

Je ne sais pas de quoi vous parliez... (*Elle le regarde.*) Nicolas... (*Il lève la tête.*) Est-il possible que vous n'ayez pas deviné hier que je vous quitterais aujourd'hui ? Le saviez-vous, oui ou non ? Ne mentez pas : le saviez-vous ?

STAVROGUINE

Je le savais.

LISA

Vous le saviez et pourtant vous m'avez prise.

STAVROGUINE

Oui, condamne-moi. Tu en as le droit. Je savais aussi que je ne t'aimais pas et je t'ai prise. Je n'ai jamais éprouvé de l'amour pour personne. Je désire, voilà tout. Et j'ai profité de toi. Mais j'ai toujours espéré que je pourrais un jour aimer et j'ai toujours espéré que ce serait toi. Que tu aies accepté de me suivre

a fait grandir cet espoir. J'aimerai, oui, je
t'aimerai...

LISA

Vous m'aimerez ! Et moi je m'imaginais...
Ah ! je vous ai suivi par orgueil, pour rivaliser
de générosité avec vous; je vous ai suivi pour me
perdre avec vous, et pour partager votre malheur. (*Elle pleure.*) Mais je me figurais malgré
tout que vous m'aimiez follement. Et vous,
vous espérez bien m'aimer un jour. Voilà la
petite sotte que j'étais. Ne vous moquez pas de
ces larmes. J'adore m'attendrir sur moi-même.
Mais assez ! Je ne suis capable de rien et vous
n'êtes capable de rien non plus. Consolons-nous
en nous tirant mutuellement la langue. Comme
cela, notre orgueil, au moins, n'en souffrira pas.

STAVROGUINE

Ne pleure pas. Je ne puis le supporter.

LISA

Je suis calme. J'ai donné ma vie pour une
heure avec vous. Maintenant je suis calme.
Quant à vous, vous oublierez. Vous aurez d'autres heures, d'autres moments.

STAVROGUINE

Jamais, jamais ! Personne d'autre que toi...

LISA, *le regardant avec un espoir fou.*

Ah ! vous...

STAVROGUINE

Oui, oui, je t'aimerai. Maintenant, j'en suis sûr. Un jour, mon cœur enfin se détendra, je courberai la tête et je m'oublierai dans tes bras. Toi seule peux me guérir, toi seule...

LISA, *qui s'est reprise, et avec un morne désespoir.*

Vous guérir ! Je ne le veux pas. Je ne veux pas être une sœur de charité pour vous. Adressez-vous à Dacha : c'est un chien qui vous suivra partout. Et ne vous désolez pas pour moi. Je savais d'avance ce qui m'attendait. J'ai toujours su que si je vous suivais, vous me conduiriez dans un endroit habité par une monstrueuse araignée de la taille d'un homme, que nous passerions notre vie à regarder l'araignée en tremblant de peur, et que c'est à cela que se réduirait notre amour...

Entre Alexis Egorovitch.

ALEXIS

Monsieur, Monsieur, on a trouvé... (*Il s'arrête en regardant Lisa.*) Je... Monsieur, Pierre Verkhovensky désire vous voir.

STAVROGUINE

Lisa, attends dans cette pièce. (*Elle s'y dirige. Alexis Egorovitch sort.*) Lisa... (*Elle s'arrête.*) Si tu apprends quelque chose, sache-le, le coupable, c'est moi.

SEIZIÈME TABLEAU

Elle le regarde épouvantée et entre len-
tement à reculons dans le bureau.
Entre Pierre Verkhovensky.

PIERRE

Il faut que vous sachiez d'abord qu'aucun de
nous n'est coupable. Il s'agit d'une coïncidence,
d'un concours de circonstances. Juridiquement,
vous n'êtes pas en cause...

STAVROGUINE

Ils ont été brûlés ? Assassinés ?

PIERRE

Assassinés. Malheureusement, la maison n'a
brûlé qu'en partie, on a retrouvé leurs corps.
Lebiadkine a eu la gorge tranchée. Sa sœur a
été criblée de coups de couteau. Mais c'est un
rôdeur, sûrement. On m'a dit que Lebiadkine,
la veille au soir, était ivre et montrait à tout
le monde les quinze cents roubles que je lui
avais donnés.

STAVROGUINE

Vous lui aviez donné quinze cents roubles ?

PIERRE

Oui. Comme par un fait exprès. Et de votre
part.

STAVROGUINE

De ma part ?

PIERRE

Oui. J'avais peur qu'il nous dénonce et je lui ai donné cet argent pour qu'il s'en aille à Saint-Pétersbourg... (*Stavroguine fait quelques pas d'un air absent.*) Mais écoutez au moins comment les choses ont tourné... (*Il le prend par le revers de sa redingote. Stavroguine lui donne un coup violent.*) Oh ! Vous auriez pu me casser le bras. Enfin... Bref, il s'est vanté d'avoir cet argent et Fedka l'a vu, voilà tout. J'en suis sûr, maintenant, c'est Fedka. Il n'a pas dû comprendre vos véritables intentions...

STAVROGUINE, *étrangement distrait.*

Est-ce Fedka qui a allumé l'incendie ?

PIERRE

Non. Non. Vous savez que ces incendies étaient prévus dans l'action de nos groupes. C'est un moyen d'action très national, très populaire... Mais pas si tôt ! On m'a désobéi, voilà tout, et il faudra sévir. Notez que ce malheur a ses bons côtés. Par exemple vous êtes veuf et vous pouvez épouser Lisa dès demain. Où est-elle ? Je veux lui annoncer la bonne nouvelle. (*Stavroguine rit tout d'un coup, mais avec une sorte d'égarement.*) Vous riez ?

STAVROGUINE

Oui. Je ris de mon singe, je ris de vous. La bonne nouvelle, certainement ! Mais vous ne croyez pas que ces cadavres vont un peu la chiffonner ?

PIERRE

Mais non ! Pourquoi ? D'ailleurs, juridiquement... Et puis c'est une demoiselle qui n'a pas froid aux yeux. Elle vous enjambera ces cadavres de telle manière que vous en serez étonné vous-même. A peine mariée, elle oubliera.

STAVROGUINE

Il n'y aura pas de mariage. Lisa restera seule.

PIERRE

Non ? Dès que je vous ai vus, j'ai compris que ça n'avait pas marché. Ah ! ah ! Echec complet peut-être ? [Je parie que vous avez passé toute la nuit, assis sur des chaises différentes, et perdu un temps précieux à discuter de choses très élevées.] D'ailleurs, j'étais sûr que tout ça finirait par des bêtises... Bon. Je la marierai facilement à Maurice Nicolaievitch qui doit être en train de l'attendre, dehors, sous la pluie, soyez en sûr. Pour ce qui est des autres... de ceux qui ont été tués, il vaut mieux ne rien lui dire. Elle l'apprendra toujours assez tôt.

Entre Lisa.

LISA

Qu'est-ce que j'apprendrai ? Qui a tué ? Qu'avez-vous dit de Maurice Nicolaievitch ?

Pierre

Eh bien ! jeune fille, nous écoutons aux portes !

Lisa

Qu'avez-vous dit de Maurice Nicolaievitch ? Il est tué ?

Stavroguine

Non. Lisa. Ce n'est que ma femme et son frère qui ont été tués.

Pierre, *avec empressement.*

Un étrange, un monstrueux hasard ! On a profité de l'incendie pour les tuer et les dévaliser. C'est Fedka, sûrement.

Lisa

Nicolas ! Dit-il la vérité ?

Stavroguine

Non. Il ne dit pas la vérité.

Lisa pousse une plainte.

Pierre

Mais comprenez que cet homme a perdu la raison ! D'ailleurs il a passé la nuit auprès de vous. Donc...

Lisa

Nicolas, parlez-moi comme si vous étiez en ce

moment devant Dieu. Etes-vous coupable ou
non ? J'aurai confiance en votre parole comme
en celle de Dieu. Et je vous suivrai, comme
un chien, jusqu'au bout du monde.

STAVROGUINE, *lentement.*

Je n'ai pas tué et j'étais contre ce meurtre,
mais je savais qu'on les assassinerait et je n'ai
pas empêché les assassins d'agir. Maintenant,
laissez-moi.

LISA, *le regardant avec horreur.*

Non, non, non !

Elle sort en criant.

PIERRE

J'ai donc perdu mon temps avec vous !

STAVROGUINE, *d'un ton morne.*

Moi. Oh ! moi... (*Il rit follement tout d'un
coup, puis se dressant, crie d'une voix terrible :*)
Moi, je hais affreusement tout ce qui existe en
Russie, le peuple, le tsar, et vous et Lisa. Je hais
tout ce qui vit sur la terre et moi-même au
premier rang. Alors, que la destruction règne,
oui, et qu'elle les écrase tous et avec eux tous
les singes de Stavroguine et Stavroguine lui-
même...

Noir

[DIX-SEPTIÈME TABLEAU

DANS LA RUE[1]

Lisa court. Pierre Verkhovensky court derrière elle.

PIERRE

Attendez, Lisa, attendez. Je vais vous ramener. J'ai là un fiacre.

LISA, *égarée.*

Oui, oui, vous êtes bon. Où sont-ils ? Où est le sang ?

PIERRE

Mais non, que voulez-vous faire ? Il pleut, voyez-vous. Venez, Maurice Nicolaievitch est ici.

LISA

Maurice ! Où est-il donc ? Oh mon Dieu, il m'attend ! Il sait !

---

1. Ce tableau a été supprimé à la représentation.

DIX-SEPTIÈME TABLEAU

PIERRE

Voyons, quelle importance ? C'est sûrement un homme sans préjugés !

LISA

Merveilleux, merveilleux ! Ah ! il ne faut pas qu'il me voie. Fuyons, dans les forêts, dans les champs...

> *Pierre s'en va. Lisa fuit. Maurice surgit et la poursuit. Elle tombe. Il se penche vers elle, il pleure, il enlève son manteau et en couvre la jeune fille. Elle embrasse sa main en pleurant.*

MAURICE

Lisa ! Je ne suis rien auprès de vous, mais ne me repoussez pas !

LISA

Maurice, ne m'abandonnez pas ! J'ai peur de la mort, je ne veux pas mourir.

MAURICE

Vous êtes trempée ! Oh mon Dieu, et la pluie qui continue !

LISA

Ce n'est rien. Venez, conduisez-moi. Je veux voir le sang. Ils ont tué sa femme, dit-on. Et il dit que c'est lui qui l'a tuée. Mais ce n'est pas vrai, n'est-ce pas ? Ou bien, je veux voir de mes propres yeux ceux qu'on a tués à cause de moi... Vite, vite ! O Maurice, ne me pardonnez pas, j'ai agi malhonnêtement. Pourquoi me pardonnerait-on ? Qu'avez-vous à pleurer ? Donnez-moi un soufflet et tuez-moi, ici même !

MAURICE

Personne n'a le droit de vous juger. Et moi, moins que quiconque. Dieu vous pardonne !

Peu à peu le rideau s'illumine des flammes de l'incendie et on commence d'entendre le bruit de la foule.

Entre Stépan Trophimovitch en costume de voyage avec un sac de voyage dans la main gauche, un bâton et un parapluie dans la main droite.

STÉPAN, *qui délire un peu.*

Oh vous ! Chère, chère, est-il possible ? Dans cette brume... Vous voyez l'incendie !... Vous êtes malheureuse, n'est-ce pas ? Je le vois bien. Nous sommes tous malheureux, mais il faut leur pardonner à tous. Pour en finir avec le monde et devenir libres, il faut pardonner, pardonner, pardonner...

LISA

Oh ! relevez-vous, pourquoi vous mettez-vous à genoux ?

DIX-SEPTIÈME TABLEAU

Stépan

En disant adieu au monde, je veux en votre personne dire adieu à tout mon passé. (*Il pleure.*) Je m'agenouille devant tout ce qu'il y avait de beau dans ma vie. J'ai rêvé d'escalader le ciel et me voici, dans la boue, vieillard écrasé... Voyez leur crime tout rouge. Ils ne pouvaient pas faire autrement. Je fuis leur délire, leur cauchemar, je pars à la recherche de la Russie. Mais vous êtes trempés tous les deux. Prenez mon parapluie. (*Maurice prend machinalement le parapluie.*) Moi, je trouverai bien une charrette. Mais, chère Lisa, que venez-vous de dire, on a tué quelqu'un ? (*Lisa a une sorte de défaillance.*) Oh mon Dieu, elle s'évanouit !

Lisa

Vite, vite, Maurice. Rendez à cet enfant son parapluie ! Tout de suite ! (*Elle revient vers Stépan Trophimovitch.*) Je veux faire sur vous le signe de la croix, pauvre homme. Vous aussi, priez pour la pauvre Lisa !

> *Stépan Trophimovitch s'en va et eux aussi marchent vers les flammes.*
> *La rumeur grandit. Les flammes deviennent plus vives. La foule crie maintenant :*

Voix

C'est la demoiselle à Stavroguine.
Il ne suffit pas de tuer les gens, ils veulent encore voir les corps.

*Un homme frappe Lisa.
Maurice Nicolaievitch se jette sur lui.
Ils se battent. Lisa se relève. Deux
autres hommes la frappent et l'un avec
un bâton. Elle tombe. Tout s'apaise. Maurice Nicolaievitch la prend dans ses bras,
la traîne dans la lumière.*

MAURICE

Lisa, Lisa, ne m'abandonnez pas. (*Lisa tombe
en arrière, morte.*) Lisa, chère Lisa, c'est à moi
maintenant de te rejoindre !]

Noir

LE NARRATEUR

Pendant qu'on cherchait partout Stépan Trophimovitch qui errait sur les routes, comme un
roi déchu, les événements se précipitèrent. La
femme de Chatov revint après trois ans d'absence. Mais ce que Chatov crut être un recom-
mencement devait être en réalité une fin.

DIX-HUITIÈME TABLEAU

LA CHAMBRE DE CHATOV

Marie Chatov est debout, un sac de voyage à la main.

MARIE

Je ne resterai ici que peu de temps, le temps de trouver du travail. Mais si je vous gêne, je vous demande de me le dire tout de suite, comme un honnête homme. Je vendrai quelque chose et j'irai à l'hôtel.

Elle s'assied sur le lit.

CHATOV

Marie, il ne faut pas parler d'hôtel. Tu es chez toi, ici.

MARIE

Non, je ne suis pas chez moi. Nous nous sommes séparés, il y a trois ans. Ne vous fourrez pas dans la tête que je me repens, que je viens recommencer quelque chose.

267

Chatov

Non, non, c'est inutile. Ça ne fait rien d'ailleurs. Tu es le seul être qui m'ait jamais dit qu'il m'aimait. Cela suffit. Tu fais ce que tu veux, tu es là.

Marie

Oui, vous êtes bon. Si je suis venue chez vous, c'est que je vous ai toujours considéré comme un homme bon, et supérieur à tous ces gredins...

Chatov

Marie, écoute, tu as l'air épuisée. Je t'en supplie, ne te fâche pas... Si tu consentais à prendre un peu de thé, par exemple, hein ? Le thé fait toujours du bien. Si tu consentais...

Marie

Mais oui, je consens. Vous êtes toujours aussi enfant. Donnez-moi du thé si vous en avez. Il fait si froid ici.

Chatov

Oui, oui, tu auras du thé.

Marie

Vous n'en avez pas ici ?

Chatov

Il y en aura, il y en aura. (*Il sort et va frap-*

per à la chambre de Kirilov.) Pouvez-vous me prêter du thé ?

KIRILOV

Venez le boire !

CHATOV

Non. Ma femme est arrivée chez moi...

KIRILOV

Votre femme !

CHATOV, *bafouillant et pleurant à moitié.*

Kirilov, Kirilov, nous avons souffert ensemble en Amérique.

KIRILOV

Oui, oui, attendez. (*Il disparaît et reparaît avec un plateau de thé.*) Voîlà, prenez. Et un rouble aussi, prenez.

CHATOV

Je vous le rendrai demain ! Ah ! Kirilov.

KIRILOV

Non, non, c'est bien qu'elle soit revenue et que vous l'aimiez encore. C'est bien que vous soyez venu me trouver. Si vous avez besoin de quelque chose, appelez-moi, à n'importe quelle heure. Je penserai à vous et à elle.

Chatov

O ! quel homme vous feriez si vous pouviez abandonner vos épouvantables idées.

Kirilov sort brusquement. Chatov le regarde sortir. On frappe. Liamchine entre.

Chatov

Je ne puis vous recevoir.

Liamchine

J'ai quelque chose à vous communiquer. Je suis venu vous dire de la part de Verkhovensky que tout est arrangé. Vous êtes libre.

Chatov

C'est vrai ?

Liamchine

Oui, tout à fait libre. Il suffira que vous montriez à Lipoutine l'endroit où la presse est enterrée. Je viendrai vous chercher demain à six heures exactement, avant que le jour se lève.

Chatov

Je viendrai. Filez maintenant. Ma femme est revenue. (*Liamchine sort. Chatov retourne vers la chambre. Marie s'est endormie. Il pose le thé sur la table et la contemple.*) Oh ! que tu es belle !

DIX-HUITIÈME TABLEAU

MARIE, *se réveillant.*

Pourquoi m'avez-vous laissée dormir ? J'occupe votre lit. Ah !

> *Elle se renverse, dans une sorte de crise, et prend la main de Chatov.*

CHATOV

Tu as mal, ma chérie. Je vais appeler le docteur... Où as-tu mal ? Veux-tu des compresses ? Je puis les faire...

MARIE

Quoi ? Que voulez-vous dire...

CHATOV

Mais rien... Je ne te comprends pas.

MARIE

Non, non, ce n'est rien... Marchez. Racontez-moi quelque chose... Parlez-moi de vos nouvelles idées. Que prêchez-vous ? Vous ne pouvez pas vous empêchez de prêcher, c'est dans votre caractère.

CHATOV

Oui... C'est-à-dire... Je prêche Dieu.

MARIE

Auquel vous ne croyez pas. (*Nouvelle crise.*) Oh ! que vous êtes insupportable, insupportable.

Elle repousse Chatov penché sur le lit.

CHATOV

Marie, je ferai ce que tu veux... Je marcherai... Je parlerai.

MARIE

Mais ne voyez-vous pas que cela a commencé ?

CHATOV

Commencé ? Mais quoi...

MARIE

Mais ne voyez-vous donc pas que je vais accoucher ? Ah, que cet enfant soit maudit ! (*Chatov se lève.*) Où allez-vous, où allez-vous ? Je vous défends !

CHATOV

Je reviens, je reviens. Il faut de l'argent, une accoucheuse... O ! Marie. Kirilov ! Kirilov !

Noir. Puis le jour remonte lentement sur la chambre.

CHATOV

Elle est à côté, avec lui.

MARIE

Il est beau.

272

DIX-HUITIÈME TABLEAU

CHATOV

C'est une grande joie !

MARIE

Comment vais-je l'appeler ?

CHATOV

Chatov. Il est mon fils. Laisse-moi arranger tes oreillers.

MARIE

Pas comme ça ! Que tu es maladroit.

> *Il fait de son mieux.*

MARIE, *sans le regarder.*

Penchez-vous vers moi ! (*Il se penche.*) Encore ! Plus près.

> *Elle passe sa main autour de son cou et l'embrasse.*

CHATOV

Marie ! Mon amour.

> *Elle se rejette de l'autre côté.*

MARIE

Ah ! Nicolas Stavroguine est un misérable.

> *Elle éclate en sanglots. Il la caresse et lui parle doucement.*

273

Chatov

Marie. C'est fini maintenant. Nous vivrons tous les trois, nous travaillerons.

Marie, *se jetant dans ses bras.*

Oui, nous travaillerons, nous oublierons, mon amour...

> *On frappe à la porte du salon.*

Marie

Qu'est-ce que c'est ?

Chatov

J'avais oublié. Marie, il faut que je sorte. J'en ai pour une demi-heure.

Marie

Tu vas me laisser seule. Nous nous sommes retrouvés et tu me laisses...

Chatov

Mais c'est la dernière fois. Ensuite, nous serons réunis. Jamais, jamais plus, nous ne penserons à l'horreur des jours passés.

> *Il l'embrasse, prend sa casquette et ferme doucement la porte. Dans le salon, Liamchine l'attend.*

DIX-HUITIÈME TABLEAU

CHATOV

Liamchine, mon ami, avez-vous jamais été heureux dans votre vie !

Noir. Puis Liamchine et Chatov passent devant le rideau qui représente la rue. Liamchine s'arrête et hésite.

CHATOV

Eh bien ! Qu'attendez-vous ?

Ils s'en vont.

Noir

DIX-NEUVIÈME TABLEAU

LA FORÊT DE BRYKOVO

Chigalev et Virguinsky sont là quand Pierre Verkhovensky arrive avec le séminariste et Lipoutine.

PIERRE, *élève sa lanterne et les examine.*

J'espère que vous n'avez pas oublié ce qui a été convenu.

VIRGUINSKY

Ecoutez. Je sais que la femme de Chatov est revenue auprès de lui cette nuit et qu'elle a accouché. Pour qui connaît le cœur humain, il est évident qu'il ne dénoncera pas maintenant. Il est heureux. Peut-être pourrait-on renoncer à présent.

PIERRE

Si vous deveniez soudain heureux, reculeriez-vous à accomplir un acte de justice que vous estimeriez juste et nécessaire ?

VIRGUINSKY

Assurément non. Assurément non. Mais...

PIERRE

Vous préféreriez être malheureux plutôt que lâche ?

VIRGUINSKY

Certainement... je préférerais.

PIERRE

Eh bien ! sachez que Chatov considère maintenant cette dénonciation comme juste et nécessaire. D'ailleurs, qu'y a-t-il d'heureux dans le fait que sa femme, après trois ans de fugue, soit revenue chez lui accoucher d'un enfant de Stavroguine ?

VIRGUINSKY, *brusquement.*

Oui, mais moi, je proteste. Nous lui demanderons sa parole d'honneur. Voilà tout.

PIERRE

Pour parler d'honneur, il faut être à la solde du gouvernement.

LIPOUTINE

Comment osez-vous ? Qui est ici à la solde du gouvernement ?

PIERRE

Vous peut-être... les vendus sont ceux qui ont peur au moment du danger.

CHIGALEV

Assez. Je veux parler. Depuis hier soir, j'ai

examiné avec méthode la question de cet assas-
sinat et je suis arrivé à la conclusion qu'il
était inutile, frivole et personnel. Vous haïssez
Chatov parce qu'il vous méprise et qu'il vous
a insultés. C'est une question personnelle. Mais
la personnalité, c'est le despotisme. Donc, je
m'en vais. Non par peur du danger, ni par
amitié pour Chatov, mais parce que cet assas-
sinat est en contradiction avec mon système.
Adieu. Pour ce qui est de dénoncer, vous savez
que je ne le ferai pas.

Il fait demi-tour et s'en va.

PIERRE

Restez ici ! Nous retrouverons ce fou. En attendant, je dois vous dire que Chatov a déjà
confié à Kirilov son intention de dénoncer. C'est
Kirilov qui me l'a dit parce qu'il était indigné.
Maintenant, vous savez tout. Et, de plus, vous
avez juré. (*Ils se regardent.*) Bon. Je vous rappelle qu'il faudra le jeter dans l'étang ensuite,
et nous disperser. La lettre de Kïrilov nous
couvrira tous. Demain, je pars pour Saint-Pétersbourg. Vous aurez ensuite de mes nouvelles.
(*Coup de sifflet. Lipoutine, après une hésitation,
répond.*) Cachons-nous.

*Ils se cachent tous, sauf Lipoutine.
Entrent Liamchine et Chatov.*

CHATOV

Eh bien ! Vous êtes muet ? Où est votre
pioche. N'ayez donc pas peur. Il n'y a pas un

chat ici. On pourrait tirer le canon que personne n'entendrait rien dans les faubourgs. C'est ici. (*Il frappe la terre du pied.*) Juste à cet endroit.

> *Le séminariste et Lipoutine bondissent derrière lui, lui prennent les coudes et l'écrasent au sol.*
>
> *Verkhovensky lui met son revolver sur le front.*
>
> *Chatov pousse un cri bref et désespéré :* « *Marie !* »
>
> *Verkhovensky tire.*
>
> *Virguinsky qui n'a pas participé se met soudain à trembler et à crier.*

VIRGUINSKY

Ce n'est pas cela. Non, non. Ce n'est pas cela du tout... Non... (*Liamchine, qui s'est tenu derrière lui tout le temps sans participer non plus au meurtre, le serre soudain par derrière et pousse des cris épouvantables. Virguinsky se dégage avec terreur. Liamchine se jette sur Pierre Verkhovensky en poussant les mêmes cris. On le maîtrise et on le fait taire. Virguinsky pleure.*) Non, non, ce n'est pas cela...

PIERRE, *les regardant avec mépris.*

Crapules !...

Noir

VINGTIÈME TABLEAU

LA RUE

Verkhovensky marchant en hâte vers la maison Philipov rencontre Fedka.

PIERRE

Pourquoi n'es-tu pas resté caché là-bas, comme je t'en avais donné l'ordre ?

FEDKA

Sois poli, petit cafard, sois poli. Je n'ai pas voulu compromettre M. Kirilov qui est un homme instruit.

PIERRE

Veux-tu ou non un passeport et de l'argent pour aller à Pétersbourg ?

FEDKA

Tu es un pou. Voilà ce que tu es pour moi. Tu m'as promis de l'argent au nom de M. Stavroguine pour verser le sang innocent. Je sais maintenant que M. Stavroguine n'était pas au courant. De sorte que le vrai assassin ce n'est pas moi, ni M. Stavroguine, c'est toi.

PIERRE, *hors de lui.*

Sais-tu, misérable, que je vais te livrer immédiatement à la police ! (*Il sort son revolver. Plus rapide, Fedka le frappe quatre fois sur la joue. Pierre tombe. Fedka file en éclatant de rire. Pierre, se relevant.*) Je te retrouverai, à l'autre bout du monde. Je t'écraserai. Quant à Kirilov... !

Il court vers la maison Philipov.

Noir

VINGT ET UNIÈME TABLEAU

LA MAISON PHILIPOV

KIRILOV, *dans le noir.*

Tu as tué Chatov ! Tu l'as tué, tu l'as tué !

Les lumières montent.

PIERRE

Je vous l'ai expliqué cent fois, Chatov devait tous nous dénoncer.

KIRILOV

Tais-toi. Tu l'as tué parce qu'il t'a craché au visage à Genève.

PIERRE

Pour cela. Et pour beaucoup d'autres choses encore. Qu'avez-vous... Oh...

Kirilov a pris son revolver et le vise.
Verkhovensky prend aussi son revolver.

KIRILOV

Tu avais déjà préparé ton arme parce que tu avais peur que je te tue. Mais je ne tuerai pas. Bien que... bien que...

> *Il continue de viser. Puis baisse son bras en riant.*

PIERRE

Je savais que vous ne tireriez pas. Mais vous avez risqué gros. J'allais tirer, moi...

> *Il se rassied et se verse du thé, d'une main qui tremble un peu.*
> *Kirilov pose son revolver sur la table, se met à marcher de long en large, et s'arrête devant Pierre Verkhovensky.*

KIRILOV

Je regrette Chatov.

PIERRE

Moi aussi.

KIRILOV

Tais-toi, misérable, ou je te tue.

PIERRE

D'accord. Je ne le regrette pas... D'ailleurs, le temps presse. Je dois prendre un train à l'aube et gagner l'étranger.

KIRILOV

Je comprends. Tu laisses tes crimes aux autres et puis tu t'abrites. Canaille !

PIERRE

La canaillerie, l'honnêteté, ce sont des mots. Il n'y a que des mots.

KIRILOV

Toute ma vie, j'ai voulu qu'il y ait autre chose que les mots. Je n'ai vécu que pour cela, pour que les mots aient un sens, qu'ils soient aussi des actes...

PIERRE

Et alors ?

KIRILOV

Alors... (*Il regarde Pierre Verkhovensky.*) Oh ! Tu es le dernier homme que je verrai. Je ne voudrais pas que nous nous quittions dans la haine.

PIERRE

Croyez bien que je n'ai rien contre vous, personnellement.

KIRILOV

Nous sommes tous les deux des misérables, et moi je vais me tuer, et toi tu vivras.

Pierre

Bien sûr, je vivrai. Je suis lâche, moi. C'est méprisable, je le sais bien.

Kirilov, *dans une exaltation croissante.*

Oui, oui, c'est méprisable. Ecoute. Te souviens-tu de ce que le Crucifié a dit au larron qui mourait à sa droite : « Aujourd'hui même, tu seras avec moi au paradis. » Le jour s'acheva, ils moururent, et il n'y eut ni paradis ni résurrection. Et pourtant cet homme était le plus grand de toute la terre. La planète avec tout ce qu'il y a dessus n'est que folie sans cet homme. Eh bien ! si les lois de la nature n'ont même pas épargné un tel homme, si elles l'ont obligé à vivre dans le mensonge et à mourir pour un mensonge, alors toute cette planète n'est qu'un mensonge. A quoi bon vivre alors ? Réponds, si tu es un homme.

Pierre

Mais oui. A quoi bon vivre ! J'ai très bien compris votre point de vue. Si Dieu est un mensonge, alors nous sommes seuls et libres. Vous vous tuez, vous prouvez que vous êtes libre, et il n'y a plus de Dieu. Mais pour cela il faut vous tuer.

Kirilov, *de plus en plus exalté.*

Tu as compris. Ah ! tout le monde comprendra si même une crapule comme toi peut comprendre. Mais il faut que quelqu'un commence, et se tue pour prouver aux autres la terrible liberté de l'homme. Je suis malheureux parce que je suis le premier, et que j'ai affreusement peur. Je ne suis tsar que pour quelque temps. Mais je commencerai et j'ouvrirai la porte. Et les hommes seront tous heureux, ils seront tous tsars et à jamais. (*Il se jette à la table.*) Ah ! donne-moi la plume. Dicte, je signerai tout. Et aussi que j'ai tué Chatov. Dicte. Je ne crains personne, tout est indifférent. Tout ce qui est caché se saura et, toi, tu seras écrasé. Je crois. Je crois. Dicte.

PIERRE *se lève d'un bond*
et pose devant Kirilov papier et plume.

Moi, Alexis Kirilov, je déclare...

KIRILOV

Oui. A qui ? A qui ? Je veux savoir à qui je fais cette déclaration.

PIERRE

A personne, à tous. Pourquoi préciser ? Au monde entier.

KIRILOV

Au monde entier ! Bravo. Et sans repentir. Je ne veux pas de repentir. Je ne veux pas m'adresser aux autorités. Allez, dicte. L'univers est mauvais, je signerai.

VINGT ET UNIÈME TABLEAU

PIERRE

Oui, l'univers est mauvais. Et au diable les autorités ! Ecrivez.

KIRILOV

Attendez ! Je vais dessiner en haut de la page une tête qui leur tire la langue.

PIERRE

Mais non. Pas de dessin. Le ton suffit.

KIRILOV

Le ton, oui, c'est ça. Dicte le ton.

PIERRE

« ... Je déclare que ce matin j'ai tué l'étudiant Chatov, dans le parc, pour sa trahison et sa dénonciation au sujet des proclamations. »

KIRILOV

C'est tout ? Je veux encore les injurier.

PIERRE

Cela suffit. Donnez. Mais vous n'avez pas daté ni signé. Signez donc.

KIRILOV

Je veux les injurier.

PIERRE

Mettez *Vive la République*. Ils blêmiront.

KIRILOV

Oui. Oui. Non, je vais mettre : *Liberté, éga-lité, fraternité ou la mort.* Voilà. Ah ! et puis en français : *gentilhomme, séminariste russe et citoyen du monde civilisé.* Là ! Là ! C'est parfait. Parfait. (*Il se lève, prend le revolver et court éteindre la lampe. La pièce est dans la nuit. Il hurle de toutes ses forces dans la nuit :*) Tout de suite, tout de suite...

> *Un coup de feu éclate. Silence. On tâtonne sur la scène. Pierre Verkhovensky allume une bougie, éclaire le cadavre de Kirilov.*

PIERRE

Parfait !

Il sort.

MARIE CHATOV, *crie dans l'étage.*

Chatov ! Chatov !

Noir

LE NARRATEUR

Dénoncés par le faible Liamchine, les assas-sins de Chatov furent arrêtés, sauf Verkho-

288

VINGT ET UNIÈME TABLEAU

vensky qui, au même moment, confortablement installé dans un compartiment de première, passait la frontière et préparait de nouveaux plans pour une société meilleure. Mais si la race des Verkhovensky est immortelle, il n'est pas sûr que celle des Stavroguine le soit.

VINGT-DEUXIEME TABLEAU

CHEZ STAVROGUINE

Varvara Stavroguine met une cape. Dacha, près d'elle, est en deuil. Alexis est sur le pas de la porte.

VARVARA

Prépare la calèche ! (*Alexis sort.*) Fuir ainsi, à son âge, sur les routes, sous la pluie ! (*Elle pleure.*) L'imbécile ! l'imbécile ! Mais il est malade, maintenant. Oh ! je le ramènerai, mort ou vif ! (*Elle se dirige vers la porte, s'arrête, revient vers Dacha.*) Ma chérie, ma chérie !

> *Elle l'embrasse et sort.*
> *Dacha la regarde sortir par la fenêtre, puis va s'asseoir.*

DACHA

Protégez-les tous, mon Dieu, protégez-les tous avant de me protéger moi-même. (*Entre soudain Stavroguine. Dacha le regarde intensément. Si-*

lence.) Vous êtes venu me chercher, n'est-ce pas ?

STAVROGUINE

Oui.

DACHA

Que voulez-vous de moi ?

STAVROGUINE

Je suis venu vous demander de partir avec moi, demain.

DACHA

Je le ferai ! Où irons-nous ?

STAVROGUINE

A l'étranger. Nous nous installerons là-bas pour toujours. Viendrez-vous ?

DACHA

Je viendrai.

STAVROGUINE

L'endroit que je connais est lugubre. Au fond d'une gorge. La montagne opprime le regard et la pensée. C'est l'endroit qui en ce monde ressemble le plus à la mort.

DACHA

Je vous suivrai. Mais vous apprendrez à vivre, à revivre... Vous êtes fort.

STAVROGUINE, *avec un mauvais sourire.*

Oui, j'ai de la force. J'ai été capable d'être giflé sans rien dire, de maîtriser un assassin, de vivre aux extrêmes de la débauche, d'avouer publiquement ma déchéance. Je puis tout faire, j'ai une force infinie. Mais je ne sais à quoi l'appliquer. Tout m'est étranger.

DACHA

Ah ! que Dieu vous donne seulement un peu d'amour, même si je n'en suis pas l'objet !

STAVROGUINE

Oui, vous avez du cœur, vous serez une bonne garde-malade ! Mais, encore une fois, ne vous y trompez pas. Je n'ai jamais rien pu détester. Je n'aimerai donc jamais. Je ne suis capable que de négation, de négation mesquine. Si je croyais enfin à quelque chose, je pourrais peut-être me tuer. Mais je ne peux pas croire.

DACHA, *tremblante.*

Nicolas, un tel vide, c'est la foi, ou la promesse de la foi.

STAVROGUINE, *la regardant
et après un silence.*

J'ai donc la foi. (*Il se redresse.*) Ne dites rien. J'ai à faire maintenant. (*Il a un petit rire étrange.*) Quelle bassesse d'être venu vous chercher ! Vous m'étiez chère et dans mon chagrin il m'était doux d'être près de vous.

DACHA

Vous m'avez rendue heureuse en venant.

STAVROGUINE, *la regarde*
d'un air étrange.

Heureuse ? D'accord, d'accord... Mais non, ce n'est pas possible... Je n'apporte que le mal... Mais je n'accuse personne.

Il sort à droite.
Brouhaha au-dehors. Varvara entre par le fond.
Derrière elle, Stépan Trophimovitch, porté comme un enfant par un grand et vigoureux moujik.

VARVARA

Vite, installez-le sur ce canapé. (*A Alexis.*) Fais prévenir le médecin. (*A Dacha.*) Toi, fais chauffer la chambre. (*On installe Stépan et le moujik se retire.*) Eh bien ! fou que vous êtes, la promenade a été bonne ? (*Il s'évanouit. Affolée, elle s'assied près de lui, lui frappe dans les mains.*) Oh, calme-toi, calme-toi ! Mon ami ! Oh, bourreau, bourreau !

STÉPAN, *se redressant.*

Ah, chère ! Ah, chère !

VARVARA

Non, attendez, taisez-vous.

> *Il lui prend la main, la serre fortement dans les siennes.*
> *Soudain, il porte la main de Varvara Stavroguine à ses lèvres.*
> *Les dents serrées, Varvara Stavroguine regarde un coin de la chambre.*

STÉPAN

Je vous aimais...

VARVARA

Taisez-vous.

STÉPAN

Je vous ai aimée toute ma vie, pendant vingt ans...

VARVARA

Mais qu'as-tu à répéter ainsi : « Je vous aimais, je vous aimais... » Assez... Vingt ans sont passés et ils ne reviendront plus. Je ne suis qu'une sotte ! (*Elle se lève.*) Si vous ne vous endormez pas de nouveau, je... (*Avec une tendresse subite.*) Dormez. Je veillerai sur vous.

STÉPAN

Oui. Je vais dormir. (*Il délire, mais d'une manière en quelque sorte raisonnable.*) Chère et incomparable amie, il me semble, oui, je suis presque heureux. Mais le bonheur ne me

vaut rien, car aussitôt, je commence à pardonner à mes ennemis... Si du moins l'on pouvait
me pardonner aussi.

VARVARA, *émue, et avec brusquerie.*

On vous pardonnera. Et pourtant...

STÉPAN

Oui. Je ne le mérite pas. Nous sommes tous
coupables. Mais si vous êtes là, je suis comme
un enfant, innocent comme lui. Chère, je ne
puis vivre qu'à côté d'une femme. Et il faisait
si froid sur la grand-route... Mais j'ai connu
le peuple. Je leur ai raconté ma vie.

VARVARA

Vous avez parlé de moi, et dans vos auberges !

STÉPAN

Oui... c'est-à-dire à mots couverts... n'est-ce
pas. Et ils ne comprenaient rien. O laissez-moi
baiser le bas de votre robe !

VARVARA

Restez tranquille. Vous serez toujours insupportable.

STÉPAN

Oui, frappez-moi sur l'autre joue, comme
dans l'Evangile. J'ai toujours été un misérable.
Sauf avec vous.

VARVARA, *pleurant.*

Avec moi aussi.

STÉPAN, *avec exaltation.*

Non, mais toute ma vie j'ai menti... Même quand je disais la vérité. Je n'ai jamais parlé en vue de la vérité, mais uniquement en vue de moi-même. Savez-vous que je mens encore maintenant, peut-être ?

VARVARA

Oui, vous mentez.

STÉPAN

C'est-à-dire... la seule chose vraie est que je vous aimais. Pour le reste oui, je mens, c'est certain. L'ennui, n'est-ce pas, c'est que je crois ce que je dis lorsque je mens. Le plus difficile, c'est de vivre et de ne pas croire à ses propres mensonges. Mais vous êtes là, vous m'aiderez...

Il a une défaillance.

VARVARA

Revenez, revenez. Oh, il brûle ! Alexis !

Entre Alexis.

ALEXIS

Le docteur est prévenu, Madame.

Alexis sort à droite. Varvara retourne vers Stépan.

STÉPAN

Chère, chère, vous voilà ! J'ai réfléchi sur la route et j'ai compris bien des choses, et qu'il ne fallait plus nier, rien... Pour nous, c'est trop tard, mais pour ceux qui viendront, n'est-ce pas, la relève, la jeune Russie...

VARVARA

Que voulez-vous dire ?

STÉPAN

Oh ! lisez-moi le passage sur les cochons.

VARVARA, *épouvantée.*

Sur les cochons ?

STÉPAN

Oui, dans Saint Luc, vous savez, quand les démons entrent dans les cochons. (*Varvara va chercher les Evangiles sur son bureau et cherche.*) Chapitre VIII, versets 32 à 36.

VARVARA, *debout près de lui.*

... Les démons étant sortis de cet homme entrèrent dans les pourceaux; et le troupeau se précipita de la montagne dans le lac et y fut noyé. Alors les gens sortirent pour voir ce qui s'était passé, et, étant venus vers Jésus, ils trouvèrent l'homme duquel les démons étaient sortis, assis aux pieds de Jésus, habillé et dans son bon sens, et ils furent saisis de frayeur.

Stépan

Ah ! Ah ! Oui... Ces démons qui sortent du malade, chère, enfin, voyez-vous, vous les reconnaissez, ce sont nos plaies, bien sûr, nos impuretés, et la malade, c'est la Russie... Mais les impuretés en sortent, elles rentrent dans les pourceaux, je veux dire nous, mon fils, les autres, et nous nous précipitons comme des possédés, et nous périrons. Mais le malade sera guéri, et il s'assiéra aux pieds de Jésus et tous seront guéris... Oui, la Russie sera guérie, un jour !

Varvara

Vous n'allez pas mourir. Vous dites cela pour me faire encore du mal, homme cruel...

Stépan

Non, chère, non... Du reste, je ne mourrai pas tout à fait. Nous ressusciterons, nous ressusciterons, n'est-ce pas... Si Dieu est, nous ressusciterons, voilà ma profession de foi. Et je la fais à vous que j'aimais...

Varvara

Dieu est, Stépan Trophimovitch. Je vous assure qu'il existe.

Stépan

Je l'ai compris, sur la route... au milieu de

mon peuple. J'ai menti toute ma vie. Demain, demain, chère, nous revivrons ensemble...

Il se laisse aller en arrière.

VARVARA

Dacha ! (*Puis toujours debout et raidie.*) O, mon Dieu, aie pitié de cet enfant !

ALEXIS, *surgit de la chambre à droite.*

Madame, Madame... (*Entre Dacha.*) Là, là. (*Il montre la chambre.*) M. Stavroguine !

Dacha court vers la chambre. On l'entend se plaindre. Puis elle sort lentement.

DACHA, *s'effondrant à genoux.*

Il s'est pendu.

Entre le Narrateur.

LE NARRATEUR

Mesdames, Messieurs, encore un mot ! Après la mort de Stavroguine, les médecins, réunis en conférence, décrétèrent qu'il ne présentait aucun signe d'aliénation mentale.

Rideau

TABLE

LE MANTEAU D'ARLEQUIN

Volumes publiés

ACHEVÉ D'IMPRIMER SUR LES PRESSES
DE L'IMPRIMERIE MODERNE, 177, AVENUE
PIERRE-BROSSOLETTE, A MONTROUGE
(SEINE), LE VINGT-SEPT MARS MIL NEUF
CENT CINQUANTE-NEUF.

Dépôt légal : 1er trimestre 1959.
No d'édition : 6837 — No d'impression : 4540

Imprimé en France.

Albert Camus

Théâtre

caligula

le malentendu | l'état de siège

les justes

o

Adaptations et traductions

les esprits
de Pierre de Larivey

la dévotion à la croix
de Pedro Calderon de la Barca

requiem pour une nonne
d'après William Faulkner

les possédés
adapté du roman de Dostoïevski

850 fr. + T. L.